누군가
어디에서
나를 기다리면
좋겠다

누군가
어디에서
나를 기다리면
좋겠다

안나 가발다 소설집

김민정 옮김

북레시피

내 여동생 마리안에게

차례

누군가 나를 기다려준다면

나만의 비밀

누군가 나를
기다려준다면

생제르맹데프레*의 연인들

생제르맹데프레라고!? 당신, 지금 이렇게 중얼거리고 있죠? 맙소사, 배경치곤 너무 진부하잖아! 프랑수아즈 사강(Françoise Sagan, 1935~2004. 프랑스 소설가. 남녀 간의 미묘한 심리를 담담한 필치로 그려내는 소설들과 함께 같은 세대 젊은이들 사이에서 큰 인기를 끌었다. 작품에 『슬픔이여 안녕』, 『브람스를 좋아하세요』 등이 있다-옮긴이)이 옛날 옛적에 멋들어지게 써먹었는데 그걸로 또 뭘 하려고? 당신 같은 애송이가 사강을 따라갈 수 있겠어? 아아암, 어림없지, 어림없어!

나도 알아요.

하지만 그래도 어쩌겠이요. 내가 겪은 일들이 다른

---

* 생제르맹데프레: 파리 센 강 좌안의 거리로 브라스리 리프와 카페 되마고 및 카페 플로르 등 문인과 철학자들이 많이 드나들었던 유서 깊은 식당과 카페들이 있다. – 옮긴이

곳에선 일어나기 힘든 일인걸. 세상일이란 게 원래 그렇잖아요?

아니꼬워도 참고 내 이야기에 귀를 기울여주세요. 너무나 재미난 이야기라서 도저히 속에 담아두고 있을 수가 없으니까요.

당신, '하룻밤의 불장난'이니 뭐니 하는 그런 이야기를 좋아하죠? 혼자이면서 왠지 불행해 보이는 남자와 뭔가 이루어질 것 같은……. 당신이 그런 이야기를 좋아한다는 거 다 알아요. 당연하죠. 그래도 생제르맹데프레 거리의 그 멋진 식당이나 카페 ― 브라스리 리프나 카페 되마고 ― 에 앉아 삼류 연애소설이나 뒤적이고 있을 순 없을 거 아녜요. 물론 그럴 순 없죠. 그러니 내 이야기에 귀를 기울여주세요.

오늘 아침에 있었던 일이에요. 나는 생제르맹데프레 거리를 걷다 한 남자와 마주쳤어요.

나는 거리를 거슬러 올라가고 있었고 그는 거리를 되짚어 내려오고 있었죠. 차도를 낀 양쪽 보도 중에서 좀 더 분위기 있는 쪽이었어요.

어느 순간 저만치서 걸어오고 있는 그가 눈에 들어

오더군요. 글쎄, 여유롭기 그지없는 걸음걸이 때문이었는지, 넉넉하게 몸을 감싸고 있는 외투자락 때문이었는지…… 어쨌든 그와 나 사이의 거리가 이십 미터쯤으로 좁혀졌을 때 나는 운명적인 느낌을 받았어요. 그가 나를 그냥 스쳐 지나가지 않으리라는…….

내 예감이 맞아떨어졌어요. 서로 맞닥뜨리는 찰나, 그가 나를 똑바로 바라보더군요. 나는 이때다 하고 장난기 어린 미소를 날렸죠. 큐피드의 화살이랄까. 물론 그렇게 노골적이진 않았지만 말예요.

그도 내게 미소를 날리더군요.

나는 그를 지나쳐 내 갈 길을 가면서 계속 웃었어요. 머릿속에 보들레르의 「지나가는 여인에게」란 시가 떠오르지 뭐예요(아까는 사강, 지금은 보들레르! 그래요, 나 아주 문학적인 여자예요!!!). 걸음을 좀 늦춰야 했어요. 구절구절 떠오르지 않는 부분이 있어서…… 훤칠하고 늘씬한, 검은 상복을 입은…… 다음 구절이 뭐더라? ……음, 그리고…… 한 여인이 지나갔다. 부챗살 모양 장식이 일렁이는 치맛단을 한 손으로 걷어잡고 흔들면서…… 그다음은 모르겠고, 마지막 구절…… 내가 사랑하고팠던 그대여, 내 마음을 알고 있었던 그대여(샤를

보들레르(Charles Baudelaire, 1821~1867)의 시집 『악의
꽃』 중 '파리 풍경'이라는 소제목 아래 수록되어 있는 시-옮
긴이).

월 때마다 느끼는 거지만 정말 끝내주는 시예요.

이렇게 속으로 시를 되뇌는 내내 순진무구함 그 자
체인 나는 내 등에 꽂힌 성 세바스찬 씨의 시선을 느끼
고 있었어요(갑자기 웬 성 세바스찬이냐고요? 이봐요,
아까 큐피드의 화살이 나왔잖아요! 내 이야기를 제대
로 읽고 있긴 한 거예요, 응?)(성 세바스찬은 고대 로마 그
리스도교 순교자로 화살을 맞고 죽었다-옮긴이). 그 달콤한
시선에 내 등짝은 금세 훈훈해졌지만 난 뒤돌아보지 않
았답니다. 그런 식으로 시를 망치느니 차라리 죽는 게
낫죠.

생페르 거리에 이른 나는 달리는 차들 사이로 길을
건널 기회를 노리며 도로 양편을 두리번거렸어요.

여기서 한 가지 짚고 넘어가죠. 기품 있는 파리지앵
은 절대로 횡단보도 앞에서 파란불이 켜질 때를 기다렸
다 길을 건너는 짓 따윈 하지 않아요. 지나가는 차들이
뜸해지기를 기다려 차도를 가로지르죠. 그게 얼마나 위

험한 짓인가는 아랑곳하지 않는답니다. 그 이름도 유명한 '폴카(프랑스 명품의류 브랜드 – 옮긴이)'의 진열창에 내 마지막 모습이 비치는 거, 얼마나 멋있겠어요?

막 차도로 내려서려는 참인데 웬 목소리가 나를 붙들었어요. 괜한 환상이나 불러일으킨답시고 '남자답고 열정적인 목소리' 운운하는 짓 따윈 하지 않을래요. 사실이 아닌걸요. 그 목소리는, 그냥 평범한 목소리였어요.

"저, 아가씨……."

나는 뒤를 돌아보았어요. 어머! 누가 서 있었을 것 같아요? 누구긴 누구겠어요. 성 세바스찬 씨지.

이때부터 보들레르에게 상당히 미안한 상황이 벌어지기 시작했어요.

"저랑 저녁이나 함께 하실래요?"

나는 속으론 '정말 낭만적인데!'라고 생각하면서도 입으론 이렇게 말했죠.

"너무 성급하신 거 아닌가요?"

그는 내 말을 잘도 받아쳤어요. 정말이지 기가 막히더라니까요.

"맞아요, 성급하죠. 하지만 아가씨 같은 분이 그냥 지

나처 가려는데 어떻게 서두르지 않을 수 있겠습니까.
서로 마음이 통했고 그래서 서로 미소를 지어 보였는
데, 그렇게 옷깃이 스쳤는데 아무 일 없었다는 듯 헤어
지다니요……. 그렇게 한심한 일이, 아니, 말도 안 되는
일이 있을 수 있다고 보십니까?"

"……."

"제 말이 틀렸나요? 말도 안 되는 소리라고 생각하십
니까?"

"아니, 아니에요. 전혀 그렇지 않아요."

왠지 슬슬 불편해지기 시작하더군요…….

"그래요? ……그럼 이렇게 하죠. 여기서, 오늘 밤 아홉
시에 만나기로 하죠. 바로 이 자리에서요. 어떻습니까?"

내 머리는 분주히 돌아가기 시작했어요. 정신 차려,
이 아가씨야. 길 가다 눈 마주친 남자랑 다 만나고 다니
다간 시간이 남아나질 않을걸?

"제가 저녁을 함께 해야 할 이유를 하나만 대보세요."

"이유라, 이유……. 이런, 정말 어렵군……."

나는 이거 재밌게 돼가는걸, 하는 마음으로 그를 지

켜보았어요.

그런데 그가 어느 순간 내 손을 덥석 잡더군요.

"기막힌 이유가 있어요."

그는 내 손을 자신의 까칠한 턱에 갖다 댔어요.

"이게 바로 이유입니다. 그러니 빨리 그러마고 대답 하세요. 제가 면도를 할 수 있도록……. 솔직히 전 면도 를 하고 나면 훨씬 멋있어 보이거든요."

말을 마치고 그는 내 손을 놓아주었어요.

나는 그러겠다고 대답했죠.

"아, 얼마나 다행인지 모르겠네요! 이제 같이 길을 건 너실까요? 잠시라도 더 함께 있고 싶군요."

길을 건넌 후 나는 멀어져가는 그의 뒷모습을 지켜보 았어요. 모르긴 해도 그는 무슨 중요한 계약이라도 성 사시킨 것처럼 흐뭇해서 빰을 쓱쓱 문질러댔을 거예요. 굉장히 우쭐했을걸요? 그럴 만하죠.

저녁이 다가오면서부터 조금씩 초조해지기 시작하더 군요.

일을 벌이려면 제대로 옷을 차려입었어야 했는데. 전 투에 나가려면 무장을 해야 하는 거 아냐?

남자랑 처음 데이트란 걸 하러 나가는데 머리를 망쳐서 안달하는 여자처럼, 무슨 대단한 사랑이라도 시작하려는 여자처럼 나는 초조해하고 있었어요.

그러면서도 나는 연신 전화를 받고 팩스를 보내고 책에 들어갈 도판 작업을 마무리지었죠(아, 모르셨어요? 생제르맹데프레 거리에서 마주치는 예쁘고 활기찬 여자들은 십중팔구 출판사에서 일하고 있답니다).

손가락이 굳어서 일이 잘 안 되더군요. 나는 속으로 중얼거렸어요.

자, 침착해…… 침착하라고…… 숨을 들이쉬고…… 내쉬고…….

어느덧 어스름이 내린 거리는 고즈넉했어요. 차들이 전조등을 밝힌 채 오가고 있었죠.

카페의 종업원들이 바깥에 내놓았던 테이블을 안으로 들이고 약속 있는 사람들이 교회 앞 광장에서 상대방을 기다리고 연인들이 우디 앨런의 신작을 보겠다고 예술 영화 전용관 앞에 길게 줄을 늘어서는 시간.

나는 그보다 먼저 약속장소에 나가 있을 생각은 없었어요. 제시간에 도착할 생각도 없었죠. 약속시간보다 조금 늦게 나가줘야 상대를 달아오르게 만들 수 있잖아요?

나는 남는 시간을 이용해서 한잔하기로 했죠. 뻣뻣해진 손끝도 좀 녹일 겸.

내가 약속장소와 가까운 되마고로 갈 거라 생각했다면 당신, 완전히 잘못 짚었어요. 저녁시간에 거긴 분위기가 완전히 꽝이랍니다. 시몬 드 보부아르 흉내를 내고 싶어 하는 뚱땡이 미국 아줌마들만 죽치고 있거든요. 나는 생브누아 거리의 바 '치키토'로 향했어요. 저녁참에 한잔 걸치기 제격인 곳이죠.

문을 열자마자 훅 끼쳐오는 담뱃재 냄새며 맥주 냄새. 당구공이 딩딩거리는 소리. 뽕브라가 훤히 비쳐 보이는 나일론 블라우스를 입고 머리를 빨갛게 염색한 채 짐짓 근엄한 표정을 짓고 있는 여주인. 실내를 꽝꽝 울려대는 야간 경마 중계방송. 혼자 살든 마누라가 있든 집에 들어가는 시간을 어떻게든 늦춰보려고 미적거리고 있는, 후줄근히고 지저분한 작업복 차림의 공사판 일꾼들. 케케묵은 옛날이야기를 주절주절 늘어놓으며 다른 손님들의 머리를 지끈거리게 하는 골초 단골 노인들. 그래요, 내가 바라는 분위기는 바로 이거였어요.

카운터 앞에 앉아 있던 사내들 몇몇이 이따금 내 쪽을 돌아보며 시시덕거리더군요. 통로 쪽으로 쭉 뻗어 있는 내 다리는 길고도 늘씬했죠. 통로는 좁고 치마는 짧고. 사내들은 고개를 돌린 후에도 계속 어깨를 들썩이며 킥킥댔어요.

나는 담배를 한 대 피워 물고 연기를 멀리멀리 날려 보냈어요. 먼산바라기를 하면서. 야간 경마시합에선 맨 오른쪽 트랙을 달리고 있던 '뷰티풀 데이'가 우승했어요. 다들 예상했던 일이었죠.

문득 가방 속에 장폴 뒤부아의 재미난 소설 『케네디와 나』가 들어 있다는 것이 생각나면서 약속 장소에 나가느니 여기 계속 죽치고 있는 게 더 낫지 않을까 싶더군요.

소금절이 돼지고기 구이에 따끈한 콩 요리를 곁들여 먹으면서 로제와인을 홀짝홀짝…… 음, 얼마나 행복할까…….

하지만 나는 다시 정신을 차렸어요. 당신이 뭔가 ― 사랑 이야기? 그 이상? 아니면 그 이하? 이도저도 아니면 그저 시시풍덩한 이야기? ─ 를 기대하며 내 어깨 너머를 흘끔거리고 있는데 '치키토'의 여주인이나 멍하니 바라보고 있어서는 안 될 일이니까요. 정말이지 그건 말도 안 되죠.

나는 두 뺨이 발그레하게 달아오른 채 밖으로 나왔어요. 찬바람이 다리를 후려치더군요.

그는 생페르 거리 모퉁이에서 나를 기다리고 있다가 나를 보자마자 성큼성큼 내 쪽으로 다가왔어요.

"안 오실까봐 얼마나 걱정했는지 몰라요. 저기 저 진열창에 얼굴을 비춰봤거든요? 면도가 아주 말쑥하게 됐더라고요. 그런데 바람맞았으면 기분이 어땠겠어요?"

"늦어서 미안해요. 경마중계를 끝까지 보느라 시간 가는 줄 몰랐지 뭐예요."

"어떤 말이 우승했나요?"

"뷰티풀 데이요."

"그럴 줄 알았어요." 그는 씩 웃으며 내 손을 잡아끌었어요.

팔짱을 끼고 생자크 거리까지 걸어가는 동안 우리는 아무 말도 하지 않았어요. 이따금 옆얼굴에 와 닿는 그의 시선에서 알 수 있었죠. 내가 밴드스타킹을 신고 있는지 팬티스타킹을 신고 있는지 그가 몹시도 궁금해 하고 있다는 것을(좀 참아라, 참아. 불쌍한 녀석……).

"내가 아주 좋아하는 곳으로 모실게요." 그가 말했어요.

어떤 곳일지 훤히 짐작이 가더군요. 뭔가 알고 있다는 표정으로 실실 웃어대는, 싹싹하다 못해 비굴해 보이는 종업원들이 눈에 선하지 뭐예요("어이쿠, 오셨네요오!" 새 여자네? 지난번에 데리고 왔던 갈색머리가 훨씬 나은 것 같은데? "평소처럼 안쪽 자리로 모실까요오?" 도대체 그 많은 여자들을 어디서 주워 모으는 거야? "외투는 저한테 주시겠습니까아??? 자자, 됐습니다아, 앉으시죠오!!!").

내가 상상 속 종업원을 향해 '어디서 여자들을 주워 모으느냐고? 길에서 주워 모은다, 왜, 이 얼간아!' 하고 외치는 순간, 그가 나를 앞세우고 웬 레스토랑으로 들어섰어요.

내 예상은 완전히 빗나가고 말았죠.

지칠 대로 지쳐 보이는 종업원은 딱딱한 말투로 금연석을 원하는지 흡연석을 원하는지만 물어보더군요.

그가 직접 내 외투를 받아들고 옷걸이에 걸었죠. 그리고 돌아서는 순간 그는 깨달았을 거예요. 드러난 내어깨와 가슴의 맨살이 얼마나 보드라운지. 아마 면도하다 실수로 턱을 벤 것도 후회스럽지 않았을걸요?

우리는 기가 막힌 와인을 마셨어요. 그리고 그 감미로운 음료의 뒷맛을 해치지 않도록 엄선된 메뉴로 저녁 식사를 했죠.

코트드뉘 주브레샹베르탱 1986년산 레드와인. 벨벳 팬티를 걸친 꼬마 예수.

나를 마주보고 앉은 그는 눈을 지그시 감은 채 와인을 마시고 있었어요.

나로선 그를 자세히 관찰할 기회가 생긴 셈이죠.

그는 잿빛 캐시미어 터틀넥 스웨터를 입고 있었어요. 꽤 낡은 옷이더군요. 양쪽 팔꿈치엔 헝겊을 댔고 오른쪽 소맷부리는 올이 조금 풀려 있었죠. 어찌 보면 스무 살 생일에 엄마한테 선물받은 것 같기도 했어요. 실망으로 부루퉁해진 아들을 보고 미안한 마음이 든 그의 엄마는 "두고 봐라, 얼마나 좋은 옷인지 알게 될 테니……."라고 말했을 거예요. 그러고는 아들을 얼싸안고 등을 토닥여주었겠죠…….

그는 스웨터 위에 평범해 보이는 트위드 재킷을 걸치고 있었어요. 하지만 날카로운 내 눈은 그 재킷이 고급 맞춤복이라는 것을 금세 꿰뚫어봤답니다. '올드 잉글랜드' 제품이었는데 그 브랜드는 기성복 상표보다 수제 맞춤복 상표가 약간 더 크게 나오거든요. 그가 떨어진 냅킨을 주우려고 몸을 굽혔을 때 상표를 확인했죠.

그 순간 그는 내 스타킹이 밴드스타킹인지 팬티스타킹인지 확인하고 있었는지도 몰라요.

그는 이런저런 얘기를 했지만 자신에 대해서는 한마디도 하지 않았어요. 그리고 내가 목덜미를 쓸어내릴 때마다 갈피를 잡지 못하고 허둥대더군요. 그는 이따금 이야기를 멈추고 내게 "당신은요?"라고 물었지만 나는 대답하지 않았답니다.

디저트가 나오기를 기다리는 동안 내 발이 그의 발목을 슬쩍 건드렸어요.

그가 내 손에 자기 손을 포개놓으려는데 디저트인 셔벗이 나오더군요.

그가 뭐라고 웅얼거렸지만 나는 전혀 알아들을 수가 없었어요.

우리의 마음은 그렇게 일렁이고 있었죠.

그때 끔찍한 일이 일어났어요. 그의 휴대폰이 요란스레 울려댄 거예요.

레스토랑에 앉아 있던 사람들의 시선이 일제히 그에게 꽂혔고 그는 허둥지둥 휴대폰을 껐어요. 얼마나 미안했겠어요. 거기 모인 사람들의 입맛을 다 버려놓고 말았으니. 아니나다를까, 사람들은 나이프 손잡이나 풀먹인 냅킨을 꽉 움켜쥔 채 앙심 어린 눈초리로 그를 바라보고 있었죠.

휴대폰이라는 못된 기계는 언제 어디서나 그렇게 사람들의 기분을 망쳐놓곤 해요. 버르장머리 없는 건달처럼.

그는 얼마나 당황했는지 얼굴이 다 벌게졌어요. 엄마한테 선물받은 스웨터가 몹시 덥게 느껴졌겠죠.

그는 이 사람 저 사람에게 미안하다는 뜻으로 고개를 숙여 보인 다음 나를 바라보았어요. 어깨가 축 처진 채.

"미안해요……." 그가 내게 말했어요. 얼굴은 여전히 미소를 띠고 있었지만 목소리는 완전히 풀이 죽어 있더군요.

나는 그의 말을 재치 있게 받아주었어요. "괜찮아요. 영화관도 아닌데요 뭐. 영화관에서 그러는 사람들, 정말 이지 죽여버리고 싶어요. 영화가 상영 중인데도 전화기를 집어들고 떠드는 사람들이 꼭 한둘씩은 있잖아요? 언젠가 신문 사회면에 웬 여자가 영화 상영 중에 통화한 사람을 죽였다는 기사가 나면 그 여자가 바로 나일 테니 그렇게 아세요."

"알겠습니다."

"사회면을 챙겨 보시나요?"

"아뇨. 하지만 앞으로는 꼭꼭 읽겠습니다. 당신이 나올지도 모르니까……."

셔벗은, 뭐랄까, 정말 달콤했어요.

다시 기가 살아난 나의 왕자님은 커피가 나온 후 내옆으로 자리를 옮겼어요. 어찌나 바싹 다가앉던지. 아마 그는 확실히 알아차렸을 거예요. 내가 밴드스타킹을 신고 있다는 것을. 허벅지 위로 가터벨트의 조그만 고리가 솟아 있는 게 느껴졌을 테니까요.

그리고 나도 그 순간 알아차렸죠. 그가 정신을 잃고

말았다는 것을.

이윽고 그는 내 머리칼을 들추고 내 목덜미의 움푹 들어간 곳에 입을 맞추더군요.

그리고 내 귀에 속삭였어요. 생제르맹데프레 거리도 부르고뉴산 레드와인도 블랙베리 셔벗도 하나같이 너무너무 좋다고.

나는 그의 턱에 난 조그만 상처(면도하다 벤 자리 말예요)에 키스했어요. 너무나 기다려왔던 순간이라 열중하지 않을 수 없었죠.

계산서. 팁. 외투 걸치기. 이 모든 게 번거롭고 귀찮기만 했어요. 어서 빨리 끝내야 하는 절차에 불과했죠.

우리의 심장은 미친 듯 벌렁거리고 있었답니다.

그가 옷걸이에서 내 검정코트를 벗겨 내미는 순간……

나는 그의 세련된 매너에 감탄했어요(박수!!!). 눈에 띄지 않게 신중하면서도 치밀하게 계산된, 그리고 완벽하게 연출된 그 동작이라니. 비단결처럼 부드러운 내 어깨에 코트를 올려놓는 동시에 슬쩍 고개를 숙여서 자

신의 재킷 안주머니에 넣어둔 휴대폰에 어떤 메시지가
떠 있는지 보는 거 있죠?

　정신이 번쩍 들더군요. 벼락이라도 맞은 듯이.
　배신자.
　배은망덕한 놈.
　이 한심한 인간아, 네가 지금 무슨 짓을 저질렀는지
알기나 해???
　동그스름하고 따스한 내 어깨가 네 손과 그렇게 가까
이 있는 상황에서 딴 데 정신을 팔다니!?
　바로 눈앞에서 내 가슴이 출렁이고 있는데 다른 데
정신을 팔아?
　이 몸께서 등을 후끈하게 데워줄 숨결을 기다리고 있
는데 엉뚱한 짓을 해?
　나랑 하고 난 다음에 그 망할 놈의 기계를 주물러도
되잖아?

　나는 코트의 단추를 끝까지 다 잠갔어요.
　거리로 나오니 춥고 피곤하고 마음 아프더군요.
　나는 그에게 가장 가까운 택시 정류장까지만 데려다

달라고 부탁했죠.

그는 얼빠진 얼굴로 나를 쳐다보았어요.

구조를 요청해, 멍청아. 얼른 빌면 되잖아.

천만에요. 그는 그러기는커녕 아주 뻣뻣하게 나오더
군요.

아무렇지도 않은 듯했죠. '나는 여자 친구를 택시 정
류장까지 무사히 바래다주는 남자다. 아무리 추워도 몸
을 맞대지 않고 그저 파리의 밤풍경에 대해서 도란도란
이야기만 나누다 헤어진다.'는 것을 증명해 보이려는
듯이.

끝까지 젠틀맨처럼 보이려는 타입, 그런 타입 있잖아요.

내가 막 택시에 오르려는데 그가 차문을 붙잡고 말하
더군요. "저…… 다시 만날 수 없을까요? 어디 사시는지
도 모르니 집 주소라도 좀 알려주세요. 아니면 전화번
호라도……."

그는 수첩을 한 장 찢더니 뭔가를 휘갈겨 쓴 다음 내
게 건네주었어요.

"받으세요. 첫 번째는 집 전화번호고, 두 번째는 휴대폰 번호예요. 아무 때나 전화하셔도 괜찮아요."

아, 그건 나도 알아.

"망설이지 말고 언제든지 전화주세요, 아시겠죠? 기다리겠습니다."

나는 도중에 택시에서 내렸어요. 좀 걷고 싶었죠.

걸으면서 나는 길가에 빈 깡통이라도 널려 있는 것처럼 허공에 대고 발길질을 했어요.

나는 휴대폰이 미워요. 사강도 싫고 보들레르도 지긋지긋해요.

그리고 내 오만함도.

앙브르

나는 엄청나게 많은 여자들과 잤지만 그녀들의 이름은 하나도 기억하지 못한다.

뭐 악의가 있어서 이런 말을 하는 건 아니다. 어마어마하게 벌어들인 돈, 주변에 득실대는 아첨꾼들, 나는 아무한테나 속내를 털어놓고 싶을 만한 상황에 처해 있다.

말한 그대로다. 나는 서른여덟 살인데 인생에 있어서 기억나는 게 하나도 없다. 여자들에 관해서도 그밖의 것들에 대해서도.

어느 날인가는 밑씻개로 쓰면 딱 그만일 케케묵은 잡지에서 애인을 끼고 있는 내 사진을 보고 화들짝 놀라기도 했다.

그런 일이 일어나면 나는 사진 밑에 달려 있는 글을 보고서야 내 품에 들어 있는 여자가 레티샤인지 소냐인지 아무개인지 알아차린다. 그리고 사진 속 여자의 얼굴을 한 번 더 뚫어져라 처다본 다음 속으로 중얼거린다. '맞아, 소냐야. 빌라 바르클레에 살던 아가씨, 피어싱과 바닐라 향기…….'

천만에. 사실 내 머릿속엔 아무것도 떠오르지 않는다.

나는 속으로 바보처럼 '소냐, 소냐, 소냐…….'라고 중얼거린 다음 잡지를 내려놓고 담배를 피워 문다.

나는 서른여덟 살이고 내 인생은 서서히 망가져가고 있다. 껍질이 서서히 떨어져나가고 있는 것이다. 손톱으로 살짝만 건드려도 몇 주치 인생쯤은 바로 먼지덩어리가 되어 쓰레기통에 처박히리라. 심지어는 이런 일도 있었다. 언젠가 누가 걸프전 어쩌고 하기에 나는 그를 돌아보며 물었다.

"걸프전이 언제 일어났지?"

"91년."

나는 정확한 정보를 얻기 위해 물어본 게 아니었다. 젠장, 나는 정말로 걸프전인지 뭔지에 대해서 까맣게 모르고 있었다.

걸프전도 쓰레기통으로.

본 적도 들어본 적도 없는 전쟁. 그 한 해는 내게 아무 의미도 없다.

그때 나는 거기 있지 않았다.

그때 나는 분명히 영감을 떠올리는 데 몰두하고 있었을 것이다. 그러니 전쟁이 일어났다는 것도 몰랐겠지. 당신도 전쟁엔 관심 없다고? 그냥 내가 어떻게 살고 있는지 보여주려고 예를 든 것뿐이다.

나는 뭐든 잊어버린다.

소냐, 미안한데 난 널 기억할 수가 없어. 정말이야.

그 후 나는 앙브르를 만났다.

그녀의 이름을 부르는 것만으로도 기분이 좋아진다.

앙브르.

처음 그녀를 본 건 기욤텔 거리의 녹음실에서였다. 그때 우리는 일주일째 합숙을 하며 작업 중이었는데, 작업기간이 늘어나면서 치사하게 돈 문제로 골머리를 썩여야 했다.

왜냐, 예상이란 건 늘 빗나가게 마련이므로. 언제나. 돈 밝히기로 유명한 미국 음반회사의 배를 불리기 위해

어마어마한 돈을 들여서 모셔온 동시녹음기사가 첫판부터 탈을 내는 바람에 우리는 완전히 망하고 말았다.

"시차가 해소되지 않아서 그런 것 같은데요." 의사는 이렇게 말했다.

바보 같은 소리. 그 작자가 일을 낸 건 절대로 시차 때문이 아니었다.

능력은 없으면서 돈만 밝힌 미국인 녀석. '프랑스 젊은이들을 열광하게 할, 운운.'이라고 적힌 계약서를 들고 눈만 멀뚱멀뚱거리던 그 꼬락서니라니.

악몽 같은 시절이었다. 몇 달 동안 햇빛을 보지 못한 나는 얼굴에 손을 대기가 겁났다. 잘못하단 살갗이 터지고 갈라질 것 같았으므로.

나중엔 담배도 피울 수 없는 지경에 이르렀다. 목이 아파서 견딜 수 없었던 것이다.

불난 집에 부채질이라더니 프레드 녀석이 제 여동생의 친구를 한번 만나달라고 귀찮게 졸라댔다. 사진작가인데 순회공연 동안 내 사진을 찍고 싶어 한다고, 프리랜서로 일하는 전문작가지만 나중에 그 사진들만은 절대로 팔지 않을 거라고 했다.

"프레드, 제발 나를 좀 가만히 내버려둬……."

"잠깐, 언제 저녁에 한번 여기 데려오겠다는 것뿐인데 왜 그렇게 야단법석이야? 도대체 왜 그래?"

"나는 사진작가라면 딱 질색이야. 예술영화감독도 신문기자도. 카메라를 둘러메고 다니는 것들은 모조리 다 질색이라고. 누가 주변에서 알짱거리는 것도 싫고 빤히 쳐다보는 것도 싫어. 알겠어?"

"에이, 그러지 말고 한 번만 봐주라. 단 하룻저녁이면 되는데 뭘 그래. 아니지, 한 몇 분이면 충분할걸? 걔한테 말 걸 필요 없어. 쳐다보지 않아도 상관없다고. 나를 위해서 그 정도는 해줄 수 있잖아, 안 그래? 참, 그러고보니 넌 내 여동생도 잘 모르지?"

조금 전에 나는 모든 것을 잊어버렸다고 말했는데, 사실 이 사건만은 잊지 않고 있다.

그녀가 녹음실 오른쪽 문(콘솔을 정면으로 바라보고 있다고 할 때)으로 들어왔다. 소리를 내는 게 미안하다는 듯 발꿈치를 들고서. 그녀는 가느다란 어깨끈이 달린 새하얀 탑을 입고 있었다. 나는 콘솔 앞에 앉아 있었으므로 그녀의 얼굴을 볼 수 없었다. 대신 그녀가 자리에 앉는 순간 조그만 두 젖가슴이 눈에 들어왔다. 나는 당장이라도 그것들을 만져보고 싶었다.

잠시 후 그녀가 내게 미소를 보내왔다. 그저 내 시선을 끌어보겠다고 짓는 그런 미소가 아니었다.

그녀가 미소를 짓는 순간 내 마음속은 환하게 밝아졌다. 그날따라 녹음시간이 얼마나 길게 느껴지던지.

내가 녹음용 부스에서 나왔을 때 그녀는 가고 없었다.

나는 프레드에게 물었다.

"아까 그 애가 네 동생 친구야?"

"응."

"이름이 뭔데?"

"앙브르."

"간 거야?"

"몰라."

"제기랄."

"뭐라고?"

"아니, 아무것도 아냐."

그녀는 녹음 마지막 날 다시 왔다. 음반사 사장 폴 애커만이 스튜디오에서 조촐한 파티를 열었다. 그리고 '너의 다음번 골든디스크를 위하여' 등등 바보 같은 소리를 지껄여댔다. 내가 샤워실에서 막 나온 참인데, 그러니까 상반신을 벗은 채 커다란 타월로 머리의 물기를 털고 있는 참인데, 프레드가 그녀를 내게 소개했다.

나는 한마디도 말을 할 수가 없었다. 마치 열다섯 살 때로 다시 돌아간 것처럼. 나는 타월을 바닥에 팽개쳐버렸다.

그녀는 지난번과 똑같은 미소를 띤 채 나를 바라보았다.

그녀가 베이스기타를 가리키며 물었다.

"저거, 당신이 아끼는 기타인가요?"

갑자기 그녀에게 키스하고 싶어졌다. 그녀가 악기에 대해서 아무것도 모르기 때문이었을까, 아니면 다들 내게 너나들이를 하며 대놓고 반말을 하는 마당에 그녀만 유독 나를 당신이라고 부르면서 말을 꼬박꼬박 높여 했기 때문이었을까?

프랑스 대통령에서부터 밑바닥 허섭스레기들에 이르

기까지 다들 나더러 너나들이를 한다. 나랑 엄청 친하기라도 하다는 듯.

이 바닥에서 구르다 보면 으레 그런 대접을 받게 마련이다.

이윽고 나는 그녀의 공손한 질문에 역시 공손하게 대답했다(연신 몸통을 가릴 만한 것을 찾아 사방을 두리번거리면서).

"예, 내가 무척 좋아하는 겁니다."

그녀와 막 대화를 이어가려는 참인데 기자들이 들이닥쳤다. 애커만이 불러들인 작자들이었다. 내 그럴 줄 알았지.

그녀가 순회공연에 대해 알고 싶다며 던지는 질문에 나는 무조건 "예"라고만 대답했다. 그녀의 젖가슴을 곁눈질하느라 정신이 없었던 것이다. 이윽고 그녀가 내게 작별인사를 했다. 그녀가 떠난 후 나는 프레드를, 아니 애커만을, 아니 아무나 찾아 사방을 헤매고 다녔다. 후끈 달아오른 속을 식히기 위해선 누구라도 붙잡고 한 방 갈겨주는 게 상책이었으므로.

순회공연은 보름 남짓 이어졌다. 대부분 해외공연이

었다. 라시갈(파리 몽마르트르 거리에 위치한 공연장-옮긴이)에서 이틀 동안 공연한 것 외에는 아무것도 기억나지 않는다. 벨기에며 독일이며 캐나다며 스위스 등등 많이도 돌아다녔는데, 순서가 어땠는지는 묻지 마시길. 다 잊어버렸으니까.

순회공연을 할 때면 무척 피곤하다. 나는 공연준비를 하고 노래를 부르고 최대한 말쑥해 보이려 노력한다. 잠은 풀먼 차량(장기 이동 생활에 필요한 설비가 갖춰진 대형차량-옮긴이)에서 잔다.

내 똥구멍이 골든디스크로 변한다 해도 나는 계속해서 매니저들과 함께 냉난방 장치가 되어 있는 풀먼 차량을 타고 떠돌 것이다. 내가 혼자 비행기에 오르거나 무대에 오르기 전 그들과 악수를 하는 일이 생긴다면 그건 내가 이 바닥에서 퇴물이 되어버렸다는 얘기니까.

그때 그 순회공연에는 앙브르도 따라왔는데, 처음에 나는 그 사실을 까맣게 모르고 있었다.

그녀는 몰래 나를 따라다니며 내 사진을 찍었다. 코러스 넣는 여자들과 함께 지내면서. 밤이면 그녀들이 깔깔대는 소리가 호텔 복도에 낭자하게 울려 퍼지곤 했다. 이따금 그녀와 마주칠 때면 나는 고개를 똑바로 들고 등을 꼿꼿이 편 채 당당해 보이려 애썼다. 하지만 절대로 그녀에게 다가가지는 않았다. 일과 섹스를 병행하기가 힘들었으므로.

나는 이미 늙어 있었다.

마지막 공연은 일요일 밤, 벨포르(해마다 유럽록, 즉 유록 페스티벌이 열리는 프랑스 동부 도시-옮긴이)에서 있었다. '유록 페스티벌' 탄생 10주년을 기념하는 콘서트였는데, 정말 멋진 마무리였다.

나는 쫑파티에서 그녀 옆에 앉았다.

쫑파티엔 오직 우리 패거리만 모인다. 외부인은 절대 끼어들지 못한다. 즉 녹음기사와 음악인과 공연 내내 우리를 도와주었던 사람들만의 모임인 것이다. 그 순간만은 신참내기 여배우도 지방지 기자도 절대로 우리를 귀찮게 하지 못한다. 천하의 애커만이라도 그때만은 프레드의 휴대폰으로 전화를 해서 입장권이 매진되었는지 알아보거나 유료 입장권 판매를 늘리라고 지시할 엄두는 낼 수 없으리라.

일반적인 관점에서 볼 때 그런 쫑파티를 벌이는 건 우리의 이미지에 아주 나쁜 영향을 미친다고 할 수 있다.

이 바닥에서는 그런 쫑파티를 독버섯이라고 부르는데 정말 적절한 표현이다.

엄청난 무게로 우리를 짓눌러왔던 스트레스가 일시에 사라지면서 해냈다는 만족감이 밀려들고 곧이어 후끈 달아오른 얼굴로 나이트클럽을 휘젓고 다니는 동료들, 공연을 기획한 후 단 한 번도 웃지 않다가 몇 달 만에야 겨우 웃음을 되찾은 매니저, 우리는 너무나 갑자기 너무나 쉽게 무너져 내리고…….

그날 나는 앙브르를 내 침대로 끌어들이려고 갖은 수작을 다 부리다가 술김엔 제대로 섹스할 수 없다는 것을 생각해내고는 포기하고 말았다.

비록 내색하진 않았지만 그녀도 내 속내를 짐작하고 있었을 것이다.

나는 나이트클럽의 화장실로 가서 세면대 위에 걸린 거울을 보며 그녀의 이름을 천천히 발음해보았다. 하지만 깊숙이 심호흡을 하고 냉수로 입을 헹군 다음 그녀

앞으로 가서 "너를 보고 있으면 수천 명의 청중들 앞에 섰을 때처럼 긴장이 되고 배가 아프니 이제 그만 튕기고 나를 안아줘."라고 말하는 대신 나는 클럽을 나와 밤거리에서 2,000프랑을 주고 여자를 샀다.

몇 달이 지나 새 앨범이 나오고…… 거기에 대해선 더 말하지 않으련다. 세월이 갈수록 새 앨범이 나온 직후의 얼마 동안을 견뎌내기가 점점 더 힘들어진다. 쓸데없는 생각이나 하면서, 음악이나 만들면서 혼자 빈들거릴 수가 없으므로.

그런 참에 프레드가 검정색 브맥스를 몰고 와서 나를 그녀에게 데려다주었다.

그녀는 순회공연 때 찍은 사진들을 보여주었다.

나는 기분이 좋았다. 한때 나와 함께 라이브로 노래를 불렀던 비키와 내트와 프란체스카를 다시 만났으므로. 다들 곳곳에서 활발한 활동을 펼치고 있었다. 특히 프란체스카는 솔로 앨범을 내고 싶어 안달이었다. 나는 예전에 그랬듯 다시 한 번 그녀 앞에 무릎을 꿇고 잊을 수 없는 곡을 만들어주겠다고 약속했다.

그녀의 아파트가 하도 작아서 우리는 앉을 엄두도 내지 못한 채 서서 오락가락했다. 우리는 옆집 남자가 만들어주었다는 불그레한 데킬라를 마셨다. 문제의 옆집 남자는 키가 2미터도 넘는 거인이었는데 연신 싱글벙글거리고 있었다.

나는 그의 현란한 문신에 압도되었다.

이윽고 나는 부엌으로 갔다. 그녀가 거기에 있다는 걸 알고 있었으므로. 그녀가 나를 보더니 이렇게 물었다.

"도와주려고 온 거예요?"

나는 아니라고 대답했다.

그러자 그녀가 다시 물었다.

"그때 찍은 사진들 보여드릴까요?"

나는 다시 아니라고 말하고 싶었지만 간신히 참았다.

"그래요, 봅시다."

그녀는 자기 방으로 가더니 사진들을 들고 돌아와서는 부엌문을 잠가버렸다. 그리고 식탁 위에 널려 있던 것들을 죄다 손으로 쓸어버렸다. 개중엔 알루미늄 쟁반도 있어서 꽤나 시끄러웠다.

이윽고 그녀는 화판처럼 생긴 사진첩을 식탁에 내려놓고 나와 마주앉았다.

나는 사진첩을 열었다. 온통 손뿐이었다.

기타의 코드를 잡고 있는 내 손, 마이크를 쥐고 있는
내 손, 그냥 늘어뜨려진 내 손, 관중들이 무대 위로 내민
손을 잡고 있는 내 손, 무대 뒤에서 다른 손과 악수하고
있는 내 손, 담배를 들고 있는 내 손, 내 얼굴을 쓸어내
리고 있는 내 손, 사인을 하고 있는 내 손, 흥분한 내 손,
애원하고 있는 내 손, 키스를 날리고 있는 내 손, 그리고
주사를 맞고 있는 내 손.

샛강 같은 정맥들이 얽히고설켜 있는 야위고 커다
란 손.

앙브르는 웬 캡슐을 가지고 장난을 치는 중이었다.
으깨서 가루내기.

"이게 답니까?" 나는 그녀에게 물었다.

그리고 그녀를 만난 후 처음으로 일 초가 넘게 그녀
의 눈을 똑바로 바라보았다.

"실망했어요?"

"글쎄요."

"당신에게서 망가지지 않은 부분이 손뿐이라 손을 주

제로 잡았어요."

"그래요?"

그녀가 고개를 끄덕이는 동안 나는 그녀의 머리카락
에서 나는 향기를 들이마셨다.

"그럼 내 심장은요?"

그녀가 내게 미소를 보내면서 식탁 위로 몸을 기울
였다.

"심장도 망가졌느냐고 묻는 거죠?" 그녀가 뾰로통하
니 입술을 내민 채 글쎄? 하는 표정으로 되물었다.

문 뒤에서 웃음소리와 주먹으로 두드려대는 소리가
들려왔다. 그리고 "얼음이 필요해!"라고 외치는 목소리
도. 루이스였다.

나는 그녀에게 말했다.

"열어줘야겠는데?"

가만히 있었다가는 루이스를 비롯한 망나니들이 문
을 부술 게 틀림없었다.

그녀는 내 손 위에 제 손을 포개더니 마치 손을 처음

보듯 뚫어져라 바라보며 말했다.

"우리가 해야 할 일은 바로 이거예요."

휴가

나는 뭔가를 할 때마다 동생을 생각하게 되고, 동생을 생각할 때마다 녀석이 나보다 낫다는 생각을 떨쳐버릴 수가 없다.

그런 일이 지난 23년 동안 계속되어 왔다.

그래서 뭐 괴롭다고는 할 수 없어도 늘 긴장을 늦출 수 없는 것만은 사실이다.

지금 이 상황만 해도 그렇다. 나는 낭시발 1458호 열차를 타고 있다. 입대한 지 석 달 만에 휴가를 나온 것이다. 나는 이토록 서럽게 졸병으로 복무하고 있는 반면 동생은 학군장교여서 장교식당에서 밥을 먹고 주말마다 집에 온다. 그건 그렇다 치고.

아시다시피 나는 집으로 돌아가기 위해 기차에 올랐다. 내 자리를 찾아가보니(미리 진행방향 쪽 좌석으로 예약해두었다), 웬 아주머니가 그 자리에 턱하니 버티고 앉아 무릎에 천을 비롯해 온갖 바느질 도구를 다 펼쳐놓고 수를 놓고 계시는 게 아닌가. 나는 아무 말도 못한 채 배가 불룩 튀어나온 커다란 캔버스 백을 짐칸에 욱여넣고 아주머니와 마주보는 자리에 앉았다. 개미에 관한 소설을 읽고 있는 예쁘장한 아가씨가 눈에 들어왔다. 입가에 뾰루지가 하나 솟아 있었다. 아깝다! 뾰루지만 아니면 정말 쳐다봐줄 만한데.

나는 식당칸으로 건너가 샌드위치를 샀다.

자, 위와 같은 상황에서 내 동생은 어떻게 했을까? 활짝 웃는 얼굴로 제 차표를 염치없는 아주머니에게 보여드린 다음 죄송합니다만, 제가 잘못 알았는지는 몰라도 그 자리는……, 뭐 이런 식으로 나갔을 것이다. 그러면 아주머니는 얼빠진 표정으로 허둥지둥 사과하면서 실꾸러미 등등을 황급히 가방 속에 쑤셔 넣고 꽁무니를 뺐을 테고.

샌드위치만 해도 그렇다. 내 동생은 아마 식당칸에 있는 사람들에게 다 들리도록 28프랑이나 받았으면 좀 더 두툼한 햄을 넣어줘야 하는 거 아니냐고 투덜댔을 것이다. 그러면 꼴사납게도 시커먼 조끼를 차려입은 종업원이 슬그머니 샌드위치를 바꿔췄겠지. 난 이미 똑같은 장면을 내 눈으로 똑똑히 본 적이 있다.

예쁘장한 아가씨에 대해서 동생은 좀더 악랄한 방법을 쓸 것이다. 그녀를 뚫어져라 바라보고 또 바라봐서 결국은 그녀로 하여금 관심의 대상이 되었다는 것을 깨닫게 만들 거란 얘기다.

하지만 그와 동시에 그녀로 하여금 관심의 대상이 된 이유가 바로 입술 위에 난 뾰루지 때문이라는 것 또한 알아차리게 만들 것이다. 이윽고 가엾은 아가씨는 더 이상 개미에 관한 소설에 정신을 집중할 수도 내숭을 떨 수도 없게 되고 그렇게 해서, 등등.

물론 그건 동생이 그 아가씨에게 관심이 있을 때 가능한 일이고.

장교들은 여행할 때마다 일등칸만 이용하는데, 일등칸에 탄 아가씨들은 얼굴에 뾰루지가 없을 수도 있으니까.

그건 그렇고 나는 그 귀여운 아가씨가 내 軍화와 빡빡머리에 관심이 있는지 알아볼 겨를도 없었다. 좌석에 엉덩이를 붙이자마자 잠들어버렸으니까. 왜냐? 새벽 네 시에 일어나서 말도 안 되는 무슨무슨 작전인지 나부랭

이인지를 수행해야 했기 때문이다.

　내 동생 마르크는 3년 동안에 걸쳐 그랑제콜(프랑스
의 엘리트 양성 코스-옮긴이) 입시 준비반 과정을 마치고
이공과에 진학하기 전에 군복무를 하는 중이다. 나이는
스무 살.
　나는 2년 동안 기술학교에서 공부한 후 전문기술 자
격증을 땄으며 전기기술자로서 일자리를 찾기에 앞서
군복무 중이다. 나이는 스물세 살.
　그런데 내일은 내 생일이다. 어머니가 하도 간곡히
집에 와서 쉬라고 하기에 그렇게 하기로 했다. 나는 생
일 따위엔 관심 없다. 그럴 나이가 지났으니까. 어쨌든
어머니를 기쁘게 해드려야지.
　어머니는 혼자 살고 계신다. 아버지가 결혼 19주년
기념일에 이웃집 여자와 밤도망을 친 후로 쭉. 기념일
의 상징적 중요성을 감안해볼 때 아버진 너무 심한 짓
을 저질렀다.
　어머니가 왜 재혼하지 않고 혼자 사시는지 모르겠다.
얼마든지 그럴 수 있었고 지금도 충분히 그럴 수 있는
데…… 모를 일이다. 마르크와 그 문제에 대해 한번 이

야기한 적이 있는데, 나랑 의견이 일치했다. 어머니는 두려워하고 있는 것 같다. 다시 버림받을까봐. 한때 주변에서 만남을 주선해주기도 했지만 어머니는 한사코 그 자리에 나가지 않았다.

그 후로 어머니는 개 두 마리와 고양이 한 마리를 키우며 사시는데…… 그런 상황을 받아들여줄 괜찮은 남자를 어디서 구하겠는가.

우리는 수도권 외곽 코르베이의 7번 국도변 작은 빌라에서 살고 있다. 그런 대로 지낼 만하다. 일단 조용하니까.

내 동생은 빌라라는 말을 몹시 싫어한다. 촌티 난다고 생각하는 모양이다.

그 애는 파리에서 태어나지 못한 것이 한이다.

늘 파리라는 말을 입에 달고 산다. 내가 보기에 그 애 인생에 있어서 최고의 순간은 파리 교통공사에서 발행한 버스/지하철 공용 정기권을 사던 순간인 것 같다. 내겐 파리나 코르베이나 다 거기서 거기다.

내가 학교에서 얻은 얼마 안 되는 지식 가운데 하나는 그 이름도 유명한 고대 그리스 철학자의 말씀인데,

그 양반이 뭐라고 말씀하셨느냐, "중요한 것은 우리가 어디에 있느냐가 아니라 어떤 정신 상태로 있느냐"라고 하셨다. 언젠가 그 양반이 우울해서 여행을 하고 싶다고 친구에게 편지를 썼더니 친구 왈, 골칫거리를 마음에 담고 이리저리 돌아다녀봤자 아무 소용 없다고 충고했단다. 친구의 말에 영감을 얻어 그런 말씀을 하시게 됐다는 이야기. 선생님에게서 그 이야기를 들은 후로 내 인생은 완전히 달라졌다.

내가 육체노동을 직업으로 택하게 된 이유 중 하나도 바로 그것 때문이다.

나는 머리보다는 손으로 하여금 생각을 하게 만들고 싶다. 그게 더 간단하니까.

군대에 가면 멍청한 놈들을 만난다. 예전엔 듣도 보도 못했던 그런 부류들과 함께 살아야 한다. 나는 지금 그치들과 함께 먹고 자고 싸고 시시덕거리지만, 때론 카드놀이까지 함께 하지만, 그치들의 모든 면이 다 싫다. 구역질이 날 정도로. 이건 잘난 척하는 게 아니다. 뭐랄까, 그치들은 속이 텅 비었다. 감정이 없다는 얘기가 아니다. 그렇게 말하는 건 인간적인 모욕이다. 내 말은, 그치들이 너무 가볍다는, 즉 무게가 나가지 않는다는 거다.

내 말을 잘 알아듣지 못할 수도 있겠다. 그러니까, 실제로 그치들 중 하나를 붙잡아서 무게를 달아보라. 전혀 무게가 나가지 않는다는 사실을 알게 될 것이다.

그들에겐 실질적이고 구체적인 그 뭔가가 결여되어 있다. 유령처럼. 그치들을 두 팔로 안으면 잡히는 건 없고 소리만 요란하게 난다. 참, 그치들을 함부로 안았다간 물릴 수도 있다. 멍멍.

입대한 지 얼마 안 되었을 때는 그치들의 어처구니없는 말이나 행동 때문에 불면증에 시달릴 정도였지만 이제는 그럭저럭 적응해가고 있다. 군대에 가면 사람이 변한다는 말이 있는데, 나는 군대에 오고 나서 전보다 비관적으로 변한 것 같다.

내가 낭시-벨퐁 병영에서 날마다 보게 되는 것들을 신이 일부러 창조해냈다고는 믿기 어려우므로 나는 신이든 뭐든 저 위에 있다는 절대적인 존재에 기대지 않는다.

이건 좀 웃기는 얘긴데, 어느 날인가부터 나는 기차

나 전철 속에서 사색에 잠기지 않게 되었다. 이런 점에 있어서는 군대도 꽤 쓸모가 있다고 해야 하나…….

나는 기차를 타고 동역에 도착할 때마다 누군가 나를 기다리고 있기를 은근히 바란다. 물론 어리석기 짝이 없는 짓이다. 어머니는 그 시간에 아직 일을 하고 동생 마르크는 내 가방을 받아주러 먼 데까지 나와줄 인간이 아니라는 것을 나도 잘 알고 있으니까. 하지만 나는 그 헛된 기대를 버릴 수가 없다.

이번에도 상황은 마찬가지였다. 지하철 승강장으로 향하는 에스컬레이터를 타기 전에 나는 마지막으로 다시 한 번 주위를 둘러보았다. 누군가 나를 기다리고 있지 않을까 하고……. 늘 그렇듯 기대가 무너진 채 에스컬레이터를 타고 내려갈 때면 커다란 캔버스 백이 한층 더 무겁게 어깨를 눌러온다.

어디선가 나를 기다리는 이가 있다면……. 사실 그게 그렇게 힘든 일도 아닌데.

자, 이제 집에 가서 마르크와 한 판 붙어야 한다. 오랜만에 생각을 너무 많이 해서 머리가 터질 것 같으니까. 지금은 일단 담배부터 한 대 피워야겠다. 지하철 승강장에서 그러면 안 된다는 거, 나도 안다. 하지만 누구든

시비만 걸어보시지, 군인신분증을 척하니 뽑아들고 흔들어줄 테니.

나는 평화를 위해서 일하는 사람입니다, 신사 여러분! 나는 프랑스를 위해서 새벽 네 시에 일어나는 사람입니다, 숙녀 여러분!

코르베이 역. 아무도 없다. 이럴 수가……. 다들 내가 온다는 걸 잊어버렸나 보다.

걸어서 가자. 대중교통은 지긋지긋하다. 대중 어쩌고 하는 건 죄다 지긋지긋하다.

학교 동창들 몇몇이 눈에 띈다. 녀석들은 나하고 군이 악수를 하려 들지 않는다. 군인이 무섭긴 무섭나 보다.

우리 동네 모퉁이 카페에 들른다. 내가 카페에서 보내는 시간을 조금만 줄였어도 앞으로 육 개월 후 구청 구직 상담과에 출퇴근할 일은 없을 텐데. 한때는 교실의 책상보다 카페의 당구대 앞에서 더 많은 시간을 보내기도 했다. 그때 난 하루에 무려 다섯 시간을 당구대 앞에 죽치고 있다가 선생님들의 횡설수설을 열심히 받아 적어 온 녀석들에게 공짜 당구 한 게임을 시켜주었다. 녀석들로서도 괜찮은 사업이었다. 반값만 내고 게임을 즐기면서 동시에 우등생 대접을 받았으니까.

녀석들도 좋고 나도 좋고. 그때 나는 처음으로 담배를 샀다. 정말이지 왕이라도 된 기분이었다. 암, 그렇고 말고. 바보들의 왕.

카페 주인이 말을 걸어온다.

"이봐…… 아직 군대에 있나?"

"예."

"좋겠구면!"

"예에……."

"언제 한번 밤에 문 닫은 후에 찾아와봐. 단둘이 이야기나 좀 하자고……. 나로 말할 것 같으면 외인부대에 있었다네. 그쪽은 일반 부대랑 좀 다르지……. 휴가니 외출이니 하는 건 꿈도 꿀 수 없었어. 정말일세."

카페 주인은 알코올중독자다운 기억력으로 똑같은 전쟁이야기를 되풀이한다.

외인부대…….

지쳤다. 무거운 가방에 어깨가 짓눌리고 등이 휠 지경인데 길은 끝날 기미가 보이지 않는다. 집에 도착해보니 대문이 굳게 잠겨 있다. 씨팔, 너무하네. 그대로 퍼질러져 엉엉 울고 싶다.

새벽 네 시에 일어나 냄새 나는 기차를 타고 전국의 반을 가로질러 왔는데, 나 혼자 내버려두고 다 사라져 버려?

개들만 나를 반겨주었다. 좋아서 미친 듯 짖어대는 '보조'와 펄쩍펄쩍 뛰는 '믹맥'……. 완전히 난리 났다. 이게 바로 진짜 환영회라는 거다!

나는 가방을 담 너머로 던져놓은 다음 폭주족 시절처럼 날쌔게 담을 넘는다. 개들이 몸 위로 마구 뛰어오른다. 몇 달 만에 처음으로 기분이 좋아진다. 우주 한 귀퉁이 이 작은 별에 그래도 나를 사랑하고 반겨주는 생물체가 있구나! 이리 오렴, 귀여운 아가들아……. 그래그래, 오, 사랑스러운 것들…….

집엔 불도 켜져 있지 않다.

나는 신발 흙털개 위에 가방을 내려놓고 그 속에서 열쇠를 찾는다. 열쇠는 더러운 양말 무더기 밑에 깔려 있다.

개들을 앞세운 채 나는 현관의 타임스위치를 찾아 벽을 더듬는다……. 딸깍. 불이 들어오지 않는다.

에이 씨팔! 에이 씨팔!

바로 그 순간 어디선가 들려오는 머저리 마르크 녀석의 목소리.

"어이, 손님들 앞에서 예의 좀 지키지 그래?"

집 안은 여전히 캄캄하다. 나는 마르크를 향해 버럭 소리친다.

"이게 무슨 지랄맞은 수작이야?"

"참 내, 형은 정말 구제불능 저질이야. 이제 욕 좀 그만해. 여긴 플룩빌 병영이 아냐. 그러니 말 좀 가려가면서 해. 안 그러면 불 안 켜준다?"

이윽고 환히 밝아지는 실내.

이게 뭐야. 꽃으로 장식된 거실. 손에 손에 샴페인잔을 들고서 "생일 축하합니다— 생일 축하합니다—"고래고래 노래를 불러대는 식구들과 친구들.

이어지는 어머니의 말씀.

"가방은 좀 내려놓지 그러니, 아들?"

이윽고 어머니는 내 손에 샴페인잔을 쥐여준다.

이런 깜짝 파티는 처음이다. 내 표정이 가관일 텐데.

나는 손님들과 악수를 한다. 할머니와 이모들한테는 양쪽 볼에 뽀뽀를 해준다.

따귀나 한 대 갈겨줄 참으로 마르크에게 다가가니 유

감스럽게도 녀석은 웬 아가씨와 함께 있다. 한 팔을 아가씨의 허리에 두른 채. 나는 첫눈에 그 아가씨에게 반해버린다.

나는 녀석의 어깨에 주먹을 한 방 날리고 나서 아가씨를 턱으로 가리키며 물어본다.

"내 생일 선물이냐?"

"꿈 깨, 얼간이 군인 아저씨."

녀석이 어이없다는 표정으로 대답한다.

나는 다시 한 번 아가씨를 바라본다. 내 뱃속에는 흥분하기 잘하는 녀석이 하나 들어앉아 있다. 배가 아프다. 아, 그녀는 정말 아름답다.

"얘 몰라?"

"몰라."

"마리라고, 레베카의 친군데 정말 기억 안 나?"

(???)

그녀가 끼어든다.

"여름 캠프에 같이 갔었는데. 글레낭(프랑스 북부 해변 휴양지 – 옮긴이)에서 수상훈련 했잖아. 기억 안 나?"

"어어, 글쎄……"

나는 고개를 갸웃거리면서 그 자리를 뜬다. 한잔 마셔야겠다.

물론 기억하고말고. 그때 그 수상훈련을 생각하면 지금도 몸서리가 나는걸. 내 동생은 그렇지 않았다. 녀석은 뭐든 일등이었고 인솔교사들의 귀여움을 독차지했다. 구릿빛 피부, 다부진 몸매, 뭐든 쉽게. 낮에는 열심히 수상훈련을 받고 밤에는 책을 읽었다. 요트 모는 법도 단박에 깨우쳤다. 녀석은 물보라를 자욱하게 일으키며 신나게 요트를 몰았다. 환호성을 지르면서. 그래도 요트는 절대로 뒤집어지지 않았다.

여자애들은 완전히 눈이 뒤집어졌다. 그 애들의 조그만 젖가슴 아래 숨어 있는 심장은 녀석과 함께할 캠프파이어 생각에 콩닥콩닥 뛰었다.

떠나는 차 안에서 그 애들은 잠든 척하고 있는 녀석의 팔뚝에 사인펜으로 자기네들의 연락처를 적어주었다. 그리고 마중 나온 부모님을 향해 멀어져가는 녀석을 하염없이 바라보며 닭똥 같은 눈물을 뚝뚝 흘려댔다.

나는…… 계속 뱃멀미에 시달린 참이라 속이 좋지 않았다.

마리. 물론 기억하고말고. 어느 날 저녁 그 애가 다른 애들한테 이야기하길, 바닷가에서 어떤 커플이 가볍게 입 맞추는 것을 봤는데, 잠시 후 여자의 팬티 내려가는 소리가 들리더란다.

"소리가 어땠어?" 나는 그 애를 골려주기 위해 캐물었다.

그 애는 내 눈을 똑바로 쳐다보면서 원피스 위로 팬티를 잡아 내리는 시늉을 했다.

스르륵.

"이런 소리였어."

그 애는 계속 나를 뚫어져라 바라보면서 말했다.

그때 나는 열한 살이었다.

마리.

기억하고말고. 스르륵.

밤이 깊어갈수록 나는 군대 이야기를 하기가 싫어졌다. 그녀를 쳐다보지 않으려 했지만 그럴수록 그녀를 만지고 싶은 마음만 간절해졌다.

그래서 엄청 마셔댔다. 어머니가 곱지 않은 시선을 보내왔다.

나는 기술학교 동창 녀석들 두세 명과 함께 정원으로 나갔다. 그러고는 빌려보고 싶은 비디오며 눈이 뒤집어질 만큼 비싼 자동차 얘기를 했다. 미카엘은 코딱지만 한 제 차에 최고급 카스테레오를 달았단다. 테크노뮤직을 들으려고 만 프랑을 들이다니……

나는 철제의자에 앉았다. 어머니는 꼭 일 년에 한 번은 의자를 새로 칠하라고 시킨다. 튈르리 공원에 있는 의자랑 똑같아서 애착이 간단다.

나는 별을 바라보며 담배를 피웠다. 별자리에 대해서 아는 건 별로 없지만 그래도 기회 있을 때마다 열심히 찾아본다. 내가 아는 별자리는 모두 합해서 네 개.

그것도 글레닝에서 알게 된 거로군.

저만치서 그녀가 다가온다. 미소를 띠고 있다. 하얀 이. 그리고 두 귀에서 찰랑거리는 귀걸이.

"앉아도 돼?" 그녀가 내게 묻는다.

다시 배가 아프기 시작하는 바람에 아무 대답도 할 수 없다.

"있잖아, 정말 아무 기억 안 나?"

"아니, 기억나."

"기억난다고?"

"응."

"뭐가 기억나는데?"

"그때 네가 열 살이었다는 거. 네 키가 1미터 29센티미터, 몸무게가 26킬로그램이었다는 거. 네가 그때로부터 일 년 전에 유행성 이하선염을 앓았다는 거. 그래서 내가 병문안 갔던 거. 네가 슈아지르루아에 살고 있어서 기차를 타고 가야 했는데, 그래서 42프랑이 들었던 거. 너희 어머니의 이름은 카트린. 아버지의 이름은 자크. 너는 캔디라는 거북이를 키웠어. 너랑 늘 붙어 다니던 여자애는 안소니라는 모르모트를 키웠고, 글레낭에서 해수욕할 때 넌 초록 바탕에 흰 별무늬가 있는 수영복을 입었어. 너희 어머니가 손수 비치가운을 만들어 줬지? 네 이름까지 수놓아서 말이야. 어느 날 아침 네가 엉엉 울었던 것도 기억나. 너한테 온 편지가 하나도 없다고 그랬지. 캠프파이어 할 때 네가 양쪽 뺨에 반짝이를 붙였던 거, 네가 레베카하고 '토요일 밤의 열기'에 맞춰 신나게 춤췄던 거, 그리고 또……."

"우와, 너 기억력 정말 좋다!!!"

마리는 웃을 때가 훨씬 예쁘다. 이윽고 그 애는 몸을 뒤로 젖히더니 추운 듯 손으로 제 팔을 문지른다.

"자, 입어!"

나는 터틀넥 스웨터를 벗어서 건네준다.

"고마워……. 그런데 넌? 춥지 않겠어?"

"걱정 마, 난 괜찮으니까."

그 애가 다시 나를 쳐다본다. 어떤 여자라도 그 순간엔 마음이 움직일 수밖에 없으리라.

"또 기억나는 거 없어?"

"언젠가 저녁참에 네가 '옵티미스트'사 창고 앞에서 나한테 했던 말도 생각나. 내 동생이 너무 잘난 척한다고 그랬었지, 아마?"

"응, 그랬어. 그런데 넌 그렇지 않다고 말했지."

"정말 그렇지 않으니까. 마르크 그 자식이 요령을 좀 피우긴 하지만 잘난 척 같은 건 할 줄 몰라. 처세에 밝다면 모를까."

"넌 항상 동생을 감싸더라."

"당연하지. 내 동생인데. 너야 네 동생이 아니니까 감싸고 싶은 마음이 없겠지, 안 그래?"

그 애가 자리에서 일어나더니 스웨터를 계속 입고 있어도 되느냐고 묻는다.

나는 대답 대신 씩 웃어 보인다. 여기저기서 엿 먹고

있는, 한마디로 진창에 빠져 허우적거리고 있는 신세인데도 그 어느 때보다 행복하다.

바보처럼 실실거리고 있는데 어머니가 다가왔다. "난 할머니 댁에 자러 갈 테니, 처녀들은 아래층에서 총각들은 위층에서 자도록 잘 단속해, 알겠지?"

"에이, 엄마도 참, 우리가 무슨 어린애들인 줄 아세요?"

"대문 잠그기 전에 멍멍이들 다 들어왔는지 확인하고."

"알았어요."

"걱정된다, 정말. 너희들 전부 다 너무 마셨어. 특히, 너, 그렇게 취해가지고 어쩔래?"

"이럴 땐 '취했다'고 말씀하시면 안 돼요. '맛이 갔다'고 하셔야지. 아시겠어요? 난 완전히 맛이 갔다고요……."

어머니는 어깨를 으쓱하더니 한마디 툭 던졌다.

"뭐라도 좀 걸치지 그러니? 얼어죽을라."

나는 생각할 시간을 벌기 위해 담배를 세 개비 더 피우고 나서 마르크에게 다가갔다.

"이봐……."

"왜?"

"마리는……."

"마리가 왜?"

"마리는 나한테 넘겨."

"싫어."

"왜?"

"첫째, 형은 지금 취해도 너무 취했고 둘째, 난 일 때문에 내 귀여운 천사가 필요하거든."

"일? 무슨 일?"

"시계(視界) 범위 안에서 유체의 파급효과라는 주제로 발표할 게 있어."

"그래?"

"그래."

"유감이군."

"할 수 없지 뭐."

"그러면 마리는?"

"마리? 그 애는 내 거야."

"과연 그럴까?"

"형이 뭘 안다고 그래?"

"나야 모르는 게 없지! 포병대 소속 군인한테는 특별한 감각, 즉 육감이라는 게 있거든……."

"똥 싸고 앉았네."

"이봐, 나 지금 갑갑해. 완전히 쪼다가 된 것 같아. 그러니까 제발 그 문제에 대해선 해결책을 좀 찾아보자, 오케이?"

"생각해보도록 하지……."

"서두르는 게 좋을 거야. 내가 일 저지르기 전에."

"당구로 해보자……."

"뭐?"

"그 애를 놓고 당구로 승부를 가려보자고."

"너무 비신사적인 거 아냐?"

"이런이런, 남의 여자 뺏겠다는 분께서 무슨 소릴?"

"좋아. 그럼 언제?"

"지금. 지하실에서."

"지금??!"

"예써어!"

"커피 한잔 가지고 갈 테니 기다려."

"내 것도 한잔 부탁해."

"그러지. 커피잔에 오줌도 갈겨줄게."

"멍청한 졸병새끼."

"몸이나 풀고 있어. 아니면 미리 그 애한테 작별인사

나 해놓든지."

"엿이나 처먹어."

"이별의 슬픔은 이 형이 위로해줄 테니 걱정 *끄고*."

"누구 맘대로."

우리는 개수대 앞에서 뜨거운 커피를 한 잔씩 마신다. 이윽고 마르크가 먼저 지하실로 내려간다(당연한 얘기지만 당구대는 지하실에 있다). 나는 그 틈을 이용해 밀가루 부대에 두 손을 집어넣는다. 그래야 손에 땀이 덜 차니까. 이런! 어머니가 만들어주던 맛난 튀김이 생각난다.

갑자기 오줌이 마렵다. 맙소사, 손에 튀김가루를 묻힌 채 오줌을 눈다? 정말이지 있을 수 없는 일이다.

지하실로 내려가기 전에 나는 마리를 찾아 두리번거린다. 그렇게라도 힘을 내야 한다. 사실 나는 당구에 젬병인 데 비해 마르크 녀석은 완전히 도사니까.

역시 게임이 잘 풀리지 않는다. 땀으로 범벅이 된 밀가루 반죽이 툭툭 당구대 위로 떨어져 내린다.

이럴 수가. 마리를 비롯해서 친구들이 지하실로 내려온다. 지금 스코어는 6 대 6. 갑자기 맥이 탁 풀린다. 등 뒤에서 그 애의 기척이 느껴지자 손이 큐에서 자꾸만 미끄러진다. 그 애의 향기가 코끝을 스치는 순간, 나는 공격 포인트를 놓치고 만다. 그 애의 목소리가 들릴 때마다 나는 점수를 잃는다.

이제 점수 차는 10점이나 벌어져 있다. 나는 큐를 내던지고 두 손을 허벅지에 문지른다. 어느새 백바지가 되어버린 청바지.

마르크 녀석은 파렴치하게도 미안해 죽겠다는 표정을 짓고 있다.

정말 멋진 생일이군.

여자애들이 이제 그만 자고 싶으니 방을 안내해달라고 한다. 나는 혼자서 조용히 남아 있는 술을 끝장낸 다음 거실 소파에서 잘 생각이니 더 이상 귀찮게 하지 말아달라고 말을 받는다.

마리가 나를 쳐다본다. 지금도 마리가 1미터 29센티미터에 26킬로그램이라면 점퍼 속에 숨겨서 어디로든 데려갈 수 있을 텐데.

온 집 안이 고요하다. 방마다 불이 차례로 꺼지더니 킥킥대고 깔깔대던 소리도 더는 들려오지 않는다.

마르크와 친구 녀석들이 여자애들 방 앞에서 엉뚱한 짓거리를 하고 있을 것만 같다.

나는 휘파람으로 멍멍이들을 불러들인 다음에 대문을 잠근다.

잠이 오지 않는다. 말똥말똥.

어둠 속에서 담배를 피워 문다. 타임스위치의 빨간 불빛이 이따금 일렁이듯 빛나는 것 외에는 아무것도 눈에 들어오지 않는다. 그런데 문득 귀를 스치는 소리. 종이 구기는 소리 같다. 개들이 장난을 치는 걸까?

"보조?…… 믹맥?……"

대답은 없고 소리는 점점 커져만 간다. 부스럭부스럭. 스카치테이프 뜯는 소리도 난다.

나는 불을 켠다.

이게 꿈이야, 생시야. 마리가 거실 한가운데서 제 알몸을 포장지로 감싸고 있다. 왼쪽 가슴은 파란 종이, 오른쪽 가슴은 은색 종이, 그리고 두 팔은 리본으로. 할머니의 선물인 헬멧을 감싸고 있었던 누런 포장지는 그애의 치마로 변신한다.

마리가 내게로 다가온다. 알몸을 포장지로 엉성하게

가린 채. 담배꽁초가 수북한 재떨이들과 지저분한 술잔
들을 넘어.

"너 지금 뭐하는 거야?"

"보면 몰라?"

"그러면 안 돼……. 정말이지……."

"아까 나더러 선물이냐고 하지 않았어?"

마리는 생글생글 웃으며 허리둘레를 빨간 리본으로
동여맨다.

나는 자리에서 벌떡 일어나며 말한다.

"그러지 마, 가만히 있어."

참, 이 '가만히 있어'라는 말이 무슨 뜻일까? 몸을 포
장해서 가리지 말고 그대로 달라는 뜻일까?

아니면 가지 말고 그냥 있어달라는 뜻일까? 나는 여
전히 뱃멀미 잘하는 놈이고 더군다나 내일이면 이등병
신분으로 돌아가 낭시행 기차를 타야 하니까, 그러니
까…….

그 후로 오랫동안

그 후로 오랫동안 나는 그녀에 대해 이렇게 생각했다. 그녀는 내 인생 밖에 있다고, 아주 멀리 떨어져 있지는 않아도 어쨌든 내 인생 밖에 있다고. 즉 그녀는 더이상 존재하지 않는 여자, 멀찌감치 떨어져 살고 있는 여자, 그다지 아름다웠던 적도 없는 여자, 과거에 속하는 여자라고.

그전에는, 그러니까 내가 젊고 낭만적이었던, 그래서 사랑이 영원하리라 믿었던 시절에는 그녀를 향한 나의 사랑만큼 지고지순한 감정은 없다고 믿었다……. 얼마나 어리석었는지.

스물여섯 살이었던 어느 날, 나는 역의 플랫폼에 서있었다. 그녀가 왜 그토록 서럽게 울고 있는지 몰라 당황한 채로. 나는 그녀를 끌어안고 그 목덜미에 얼굴을 파묻었다. 그리고 내 마음대로 생각해버렸다. 내가 떠나는 게 슬퍼서 이렇게 우나 보다, 하고.

그로부터 몇 주가 지난 후에야 나는 상황을 제대로 이해하게 되었다. 연락을 끊어버린 그녀에게 전화로 편지로 한탄과 애원과 통사정을 하고 나서.

그러니까 그날 그녀는 이별을 결심하고서 나를 만났는데, 막상 내 얼굴을 마지막으로 본다고 생각하니 마음이 약해져서 눈물을 흘린 것이었다. 즉 나라는 인간의 껍데기, 더는 그녀의 마음을 사로잡지도 못하는 그 껍데기를 놓고서 슬퍼한 것이었다.

그 후 몇 달 동안 나는 사방에서 부딪혔다.

마음 둘 곳이 없었기 때문에 아무데나 툭툭 부딪혔다. 아프면 아플수록.

나는 거의 폐인이 되다시피 했다. 즉 열심히 살아가는 척 스스로를 속이며 하루하루를 보냈다. 아침이면 일어나 머리가 멍해질 때까지 일을 하고 아무 일 없다는 듯 잘 먹고 때로는 동료들과 맥주도 마시고 가끔은 형들과 호탕하게 웃어젖히기도 했지만, 그 시절 만약 누군가 내 비위를 조금만 건드렸어도 나는 그대로 폭발

하고 말았을 것이다.

그 시절, 나는 스스로를 속이고 있었고 또한 스스로에게 잘도 속아 넘어가고 있었다. 나는 애인에게 차이고도 잘 살아가는 씩씩한 청년이 아니었다. 한심하고 멍청한 인간이었다. 왜냐, 그녀가 되돌아오리라 믿고 있었으니까. 정말로 되돌아오리라 굳게 믿고 있었으니까.

어느 일요일 저녁 플랫폼에서 예고 없이 들이닥친 불행에 내 마음은 산산조각 나고 말았다. 도저히 마음을 다잡을 수 없었던 나는 여기저기 아무데나 부딪혔다.

세월도 약이 되지 못했다. 제풀에 놀라기도 여러 번이었다. '어라, 어제는 그녀를 한 번도 생각 안 했네?' 하는 식으로. 그녀가 머릿속에 떠오르지 않은 데 대해 기뻐하기는커녕 어떻게 하루 온종일 한 번도 그녀를 생각하지 않았는지 궁금해 할 뿐이었다. 그녀의 이름과 지극히 구체적인 두세 가지 이미지들이 끈덕지게 머릿속에 들러붙어 있었다. 늘 똑같은 모습으로.

그랬다. 나는 아침이면 땅에 발을 디디고 일어나 먹고 씻고 옷을 걸친 다음 일하러 나갔다.

가끔 여자들과 살을 섞기도 했다. 하지만 애정 같은

건 조금도 느낄 수 없었다.

내겐 감정이라는 것이 없었으므로.

하지만 어느 날 내게 뜻밖의 행운이 찾아왔다. 이래도
한 세상 저래도 한 세상이라는 식으로 살고 있던 참에.

다른 여자가 내게 다가왔다. 그녀와 완전히 다른 여
자, 그녀와 다른 이름을 가진 여자가 나를 사랑하게 된
것이다. 그 여자는 나를 온전한 남자로 만들고 싶어 했
다. 내가 어떻게 생각하든 그건 중요하지 않았다. 덕분
에 나는 정신을 차렸고 곧 그 여자와 결혼했다. 학회기
간 중 엘리베이터에서 첫 키스를 나눈 지 일 년도 지나
지 않아서.

그렇듯 나는 얼떨결에 결혼했다. 다시 사랑에 빠질까
두려워하고 있었던 나는, 더 이상 사랑을 믿지 않게 된
나는 계속 아내에게 상처를 주었다. 그녀의 배를 어루
만지면서도 속으로는 딴생각을 했고 그녀의 머리칼을
헤집으면서도 속으로는 다른 향기를 상상했다. 하지만
아내는 아무 말 하지 않았다. 내 이중생활이 오래가지
못하리라는 걸 알고 있었으므로. 아내가 옳았다. 오래잖
아 나는 방황을 그치고 행복한 삶으로 돌아왔다. 그녀

의 웃음과 그녀의 살, 그리고 그녀가 내게 주었던 근본적이고도 사심 없는 사랑 덕분에.

아내는 지금 옆방에서 잠들어 있다.

직업적으로 나는 엄청난 성공을 거두었다. 생각지도 못하던 일이었다. 아픈 만큼 성숙해진 덕분인지, 연때가 잘 맞아서인지, 제때 결단을 내렸기 때문인지…… 글쎄, 그건 잘 모르겠다.

어쨌든 요즘 그랑제콜 동창 녀석들은 믿을 수 없다는 눈으로 나를 쳐다본다. 어여쁜 아내, 멋진 명함, 맞춤 셔츠……. 학교 다닐 때만 해도 별 볼 일 없었던 녀석이 이렇게 출세한 건 누가 봐도 놀라운 일이리라.

그때만 해도 나는 여자 생각으로 머리가 꽉 찬…… 그러니까 하루 온종일 그녀만 생각하는 그런 녀석이었다. 강의시간에도 그녀에게 보낼 편지를 쓰기 일쑤였고 카페 같은 데 앉아서도 다른 여자는 쳐다보지 않고(아무리 엉덩이와 가슴이 커도, 아무리 눈이 예뻐도) 오로지 그녀만 생각했다. 금요일마다 파리행 첫 기차를 타고 떠났다가 월요일 아침이면 퀭하고 슬픈 눈으로 돌아와 거리가 너무 멀다느니 차표 검사가 너무 엄격하다느니 불평을 늘어놓는, 한마디로 어리보기 중의 상어리보기였다. 장래가 촉망되는 야심찬 청년이라기보다는.

나는 그녀를 사랑하는 마음에 공부를 파고들 수 없었는데, 그녀는 학점이 형편없다는 이유로, 정신을 엉뚱한 데 팔고 있다는 이유로 나를 버렸다. 아마도…… 나 같은 녀석은 미래가 너무 불확실하다고 생각했던 것이리라.

요즘 내 앞으로 발송된 은행 거래 내역서를 볼 때면 인생은 정말이지 한 편의 코미디라는 생각이 든다.

이제껏 나는 아무렇지도 않은 듯 살아왔다.

가끔 아내와 함께 학창시절 친구들을 만나서 옛날이야기를 하며 미소 짓기도 했다. 우리의 정신세계에 영향을 미친 책과 영화, 그 시절의 풋사랑, 그땐 그저 스쳐 지나갔지만 지금도 문득문득 기억 속에 떠오르는 얼굴들, 그 시절의 커피값, 그리고 그밖에 이런저런 추억들……. 이렇듯 머릿속 한 귀퉁이에서 먼지를 뒤집어쓰고 있던 기억들을 끄집어내도 나는 조금도 부담스럽지 않았다. 암, 조금도.

한동안 출근할 때마다 그녀가 사는 도시의 이름이 새

겨진 팻말 앞을 지나다녀야 했던 적도 있었다.

아침에 출근할 때마다, 그리고 저녁에 퇴근할 때마다 나는 그 팻말에 눈길을 줄 수밖에 없었다. 하지만 그게 다였다. 단 한 번도 그 팻말이 가리키는 쪽으로 간 적은 없었다. 물론 그럴 생각을 하지 않은 건 아니었다. 하지만 실제로 그렇게 할 엄두가 나지 않았다. 그건 아내를 모욕하는 처사였으므로.

하지만 내가 그 팻말에 눈길을 주었던 건 사실이다.

얼마 후 다른 직장으로 옮겨가면서 팻말을 볼 일은 없어졌다.

하지만 그렇다고 해서 그녀를 떠올릴 핑계나 구실이 사라진 건 아니었다. 길을 가다 몇 번이나 뒤를 돌아보며 마음 졸였던가? 그녀의 얼굴과 머리칼을 본 듯한…… 그녀의 목소리를 들은 듯한 착각에…….

도대체 몇 번이나?

더 이상 그녀를 마음에 두고 있지 않다고 생각했지만, 잠시라도 혼자 있을 때면 어느 결에 그녀는 내 마음 속으로 찾아들곤 했다.

불과 육 개월 전의 이야기다. 나는 접대해야 할 고객을 기다리며 어느 레스토랑의 테라스에 앉아 있었다. 하지만 아무리 기다려도 고객은 오지 않았고 어느 순간 나는 추억 속의 그녀를 생각하며 넥타이를 느슨하게 풀어젖혔다. 그러고는 종업원에게 담배를 한 갑 사다달라고 해서 한 대 피워 물었는데, 그 맛이 얼마나 맵고 자극적이던지……. 그랬다. 그 시절 나는 그렇게 독한 담배를 즐겨 피웠다. 나는 레스토랑에 계속 죽치고 있을 셈으로 다리를 쭉 뻗었다. 그리고 테이블을 치우러 온 종업원에게 그냥 놔두고 와인이나 한 병 괜찮은 것으로 가져다달라고 부탁했다. 아마 그뤼오라로즈였으리라……. 그 햇살 같은 와인을 홀짝이며 담배를 피워 물고 있자니 어느 순간 그녀가 내 눈앞에 나타났다.

나는 그녀를 바라보고 또 바라보았다. 그러면서 생각했다. 우리가 함께했던 모든 일들을, 우리가 함께 나누었던 사랑을.

그녀에게 아직도 미련이 남아 있는지, 그녀에 대한 내 감정이 도대체 어떤 것인지 나는 한 번도 진지하게 생각해본 적이 없었다. 물론 생각해봤자 아무 소용도 없었으리라. 하지만 문득문득 외로울 때마다 나는 그녀를 기억 속에서 끄집어냈다. 이렇게 말할 수밖에 없다. 사실이니까.

다행히도 나는 외로울 틈이 별로 없었다. 어느 한심한 고객이 약속을 깜빡하고 나를 바람맞혔다거나 한밤중에 아무 생각 없이 차 안에 앉아 있게 된다거나 하는 경우 외에는. 하지만 그런 일들은 자주 일어나지 않았다.

그리고 만약 내가 심한 우울증에 걸리거나 향수에 젖어 문득 엉뚱한 짓거리를 저지르고 싶은 마음이 든다 해도, 즉 미니텔이나 그밖에 이런저런 한심한 수단을 동원해 그녀의 전화번호를 알아내고 싶은 마음이 든다 해도 실제로는 절대로 그럴 수 없다는 것을 나 자신이 너무나 잘 알고 있다. 왜냐, 최근 몇 년 새 내겐 그런 미친 짓거리로부터 나를 보호해줄 보호막이 생겼으므로. 그 무엇과도 견줄 수 없는 강력한 보호막, 즉 아이들이 생겼으므로.

나는 아이들을 너무나 사랑한다. 모두 셋인데, 큰딸 마리는 일곱 살이고 둘째딸 조제핀은 곧 네 살이 된다. 그리고 막내아들 이반은 아직 만 두 살이 되지 않은 아

기다. 셋째를 낳자고 한 건 나였다. 아내는 아이들의 장
래를 생각해야 한다고, 셋씩이나 다 잘 키우기는 힘에
부칠 거라고 했지만, 아이들을 너무나 좋아하는 나는,
그 옹알거림과 울음 섞인 투정까지 모두 다 좋아하는
나는 아내에게 거의 애원하다시피 했다. 제발…… 나를
위해 아이를 하나 더 낳아줘, 라고. 아내는 오래 버티지
않았다. 그것만 보더라도 알 수 있다. 내가 기댈 수 있는
사람은 오직 아내뿐이라는 것을. 나는 결코 아내를 떠
나서 살 수 없다. 비록 내가 오래 묵은 환영을 떨쳐내지
못한다 해도.

　아이들이야말로 내 인생에 있어서 가장 소중한 존재
들이다.

　지나간 사랑 따윈 비할 바도 못 된다. 전혀.

　지금까지 나는 이렇게 살아오고 있었다. 그런데 그녀
가 지난주에 불쑥 전화를 걸어왔다.

　"나야, 엘레나."

　"뭐라고?"

　"방해한 건 아니지?"

무릎에 앉아 있던 막내 녀석이 칭얼거리며 수화기를 뺏으려 했다.

"이런……."

"네 아이야?"

"응."

"몇 살인데?"

"……무슨 일로 전화했어?"

"아이가 몇 살이냐고 물었잖아."

"이제 이십 개월 됐어."

"왜 전화했냐고 물었지? 좀 보고 싶어서."

"보고 싶다고?"

"응."

"무슨 말도 안 되는 소릴?"

"……."

"그러니까, 어느 날 갑자기 이런 생각이 났단 말이지? 아, 다시 그 사람을 만나고 싶다……."

"그렇다고 볼 수 있지."

"왜? ……내 말은, 왜 하필이면 지금이냐고? ……그렇게 오랫동안 아무 연락도 없다가……."

"……십이 년, 정확히 십이 년 만이지."

"그렇군. 그래서? ······이게 무슨 경우야? 갑자기 정신이 들기라도 한 거야? 원하는 게 뭐야? 내가 몇 살짜리 애들을 키우고 있는지, 머리가 벗어졌는지, 뭐 그런 게 궁금한 거야? 아니면······ 네가 저지른 짓이 어떤 결과를 낳았는지 알고 싶은 거야? 이도저도 아니면 그저 옛날이야기나 하고 싶은 거야?!"

"저기, 난 네가 이런 식으로 나올 줄은 몰랐어. 전화 끊을게. 미안해. 난······."

"내 전화번호는 어떻게 알아냈어?"

"너희 아버지한테서."

"뭐?"

"방금 너희 아버지한테 전화해서 알아냈다고."

"아버지가 널 기억하셔?"

"아니. 그게······ 내가 누구라고 말도 하지 않았는데 뭐."

나는 아들아이를 바닥에 내려놓았다. 그러자 녀석은 누나들 방으로 아장아장 걸어갔다. 아내가 집에 없어서 달리 아이를 돌봐줄 사람이 없었다.

"잠깐 끊지 말고 기다려봐······. 마리, 네 동생한테 실내화 좀 신겨줄래? ······여보세요? 듣고 있어?"

"응."

"그래서?"

"그래서 뭐?"

"나를 다시 만나고 싶어?"

"응. 잠깐이면 돼. 어디 들어가서 한잔해도 좋고 아니면 그냥 밖에서 걸어도 좋고…….."

"왜? 그래서 뭘 어쩌자고?"

"그냥 보고 싶어. 얘기나 좀 하고 싶다고."

"엘레나?"

"응."

"왜 그래?"

"왜라니?"

"왜 나를 생각해냈냐고? 왜 이제야? 이제 와서 뭘 어쩌겠다고? 이런 행동이 내 생활에 어떤 영향을 미칠지 생각은 해봤어? 이렇게 전화해서…….."

"저기, 피에르, 난 살 날이 얼마 남지 않았어…….."

"…….."

"그래서 이렇게 전화하는 거야. 언제까지 버틸 수 있을지 모르겠어."

나는 잠시 한숨 돌리기라도 하려는 듯 수화기를 얼

굴에서 떼어낸 다음 자리에서 일어나려고 했다. 하지만 그럴 수 없었다.

"농담이지?"

"아니, 정말이야."

"왜 그렇게 된 거야?"

"음…… 한마디로 말하기는 힘들어. 간단히 말하면 혈액에 이상이 있어서…… 아니, 사실 나도 잘 몰라. 의사들이 뭐라고 하는지 통 알아들을 수가 있어야지. 어쨌든 희귀한 병인가 봐."

어떻게 그런 일이.

"확실해?"

"확실하냐고? 도대체 무슨 생각을 하고 있는 거야? 내가 너한테 전화하려고 일부러 죽을병에 걸린 척한다는 거야? 멜로드라마 식으로?!!"

"미안해."

"괜찮아."

"오진일지도 몰라."

"음…… 글쎄?"

"아니란 말이야?"

"그래. 오진은 아냐."

"어떻게 그런 일이?"

"글쎄."

"아프니?"

"그런 것 같기도 하고 아닌 것 같기도 하고."

"통증이 있어?"

"조금."

"그러니까, 나를, 마지막으로 다시 한 번, 보고 싶다는 거야?"

"응. 그런 셈이지."

"······."

"······."

"실망할까봐 겁나지 않아? 차라리······ 좋은 이미지를 계속 간직하고 있는 게 낫지 않을까?"

"젊고 잘생긴 청년의 이미지?"

그녀가 수화기 너머로 깔깔댔다.

"그렇지. 젊고 잘생긴 데다 흰머리도 없는······."

"너 흰머리 났니?"

"한 다섯 개?"

"아서라, 관둬. 괜히 사람 겁주지 말라고! 네 말이 맞아. 만나지 않는 게 더 나을지도 모르지. 하지만 한번 그래야겠다는 생각이 드니까…… 그렇게 하면 기분이 좀 나아질 것 같기도 하고……. 요새는 즐거운 일이라곤 없거든. 그래서…… 그래서 이렇게 전화한 거야."

"언제부터 그럴 생각을 한 거야?"

"십이 년 전부터. 아니…… 농담이야. 한 몇 달 전부터, 그러니까 정확하게 말하면 병원에 다시 입원하고 퇴원하면서부터."

"정말로 나를 다시 보고 싶어?"

"응."

"언제?"

"네가 원하는 날, 네가 움직일 수 있는 시간에."

"지금은 어디 살아?"

"예전이랑 똑같은 곳. 네가 사는 곳에서 한 백 킬로미터 떨어진 곳이지."

"엘레나?"

"응."

"아니, 아무것도 아냐."

"그래, 네 말이 옳아. 사는 게 아무것도 아닌 거지 뭐. 나는 말이야, 과거를 되돌리고 싶어서, 추억 속의 파리를 다시 떠올려보고 싶어서 너한테 전화한 게 아니야.

그저 네 얼굴을 한번 보고 싶었어. 왜, 그런 거 있잖아. 어린 시절을 보냈던 동네를 다시 찾는다거나 부모님 댁으로 돌아오고 싶어 하는 마음…… 추억이 어린 곳에 다시 한 번 가보고픈 마음 말이야."

"성지순례에 나서는 심정 같은 거로군."

어느새 나는 목소리가 달라져 있었다.

"그렇지. 나도 성지순례에 나서는 것 같아. 네 얼굴엔 정말로 많은 추억이 어려 있으니까."

"성지순례는 언제나 서글프지."

"왜 그런 말을 해?! 성지순례라고는 한 번도 해본 적 없으면서."

"아니, 한 번 해봤어. 루르드에서…….”(루르드는 프랑스 남서부 에스파냐 접경지대인 오트피레네 주의 소도시로 1858년 성모가 나타났다고 알려졌으며 이후 가톨릭 신자들 사이에 유명한 순례지가 되었다-옮긴이)

"아, 그랬었구나……. 하긴, 루르드라면…….”

그녀는 억지로 깔깔댔다.

아이들이 싸우는 소리가 들려왔다. 더는 전화기를 붙들고 주절주절 이야기를 늘어놓고 싶지 않았다. 빨리 전화를 끊고 싶은 마음에 나는 결국 이렇게 말하고 말

왔다.

"그럼 언제 만날까?"

"네가 정해."

"내일 어때?"

"좋아."

"어디서?"

"둘이 사는 곳에서 딱 중간지점, 쉴리라든가……."

"운전할 수 있어?"

"응, 할 수 있어."

"쉴리에 뭐가 있지?"

"딱히 이렇다 할 만한 건 없지만…… 찾아보지 뭐. 일단 시청 앞에서 만나……."

"같이 점심이나 먹을까?"

"아이, 안 돼. 나랑 무슨 재미로 밥을 먹겠어……."

그녀는 다시 한 번 억지로 깔깔댔다.

"……점심시간 지나서 만나는 게 나을 것 같아."

그날 밤 그는 잠을 이룰 수 없었다. 계속 눈을 크게 뜨고 천장만 바라보았다. 눈물이 고이지 않게 하려고. 그는 울지 않았다.

아내가 들을까 겁이 나서 그런 것은 아니었다. 오히려 그는 제 자신을 속일까 두려웠다. 사실은 제 영혼의 일부가 죽는 게 슬프면서도 그녀가 죽는 게 슬픈 것처럼 착각할까 두려웠다. 일단 울음을 터뜨리면 도저히 멈출 수가 없을 것 같았다.

그러니 아예 시작을 말아야 했다. 절대로. 벌써 몇 해째던가? 그가 혼자 강한 척 마음 약한 사람들을, 원하는 바가 무엇인지도 모른 채 하찮은 것들에 대한 미련을 버리지 못하고 살아가는 사람들을 비웃으며 살아온 지가?

오랜 세월 그는 애정 어린 시선으로 자신의 젊은 시절을 돌아보았다. 하지만 그녀를 생각할 때면 언제나 그녀 자신의 특수한 상황이 아니라 일반적인 경우에 비추어 생각하며 재밌다는 듯 뭔가 알아냈다는 듯 미소 짓곤 했다. 사실 아무것도 알아내지 못했으면서.

그는 너무나 잘 알고 있었다. 자신이 그녀만 사랑했고 그녀 역시 그만 사랑했다는 것을. 그녀는 그의 유일한 사랑이었다. 그 무엇도 이 사실을 바꿔놓을 수는 없었다. 그런데 어느 날 그녀는 그를 헌신짝처럼 내동댕이쳤고 그 후로 단 한 번도 위로의 편지나 손길을 건네지 않았다. 그렇게 해서 자기가 그리 잘나지 않았다고 고백할 수도 있었을 텐데. 그에게 기죽지 않아도 된다고, 사실 그가 자기보다 훨씬 잘났다고 말해줄 수도 있었을 텐데. 그를 그렇게 버린 건 일생일대의 실수라고, 그래서 줄곧 남몰래 후회해왔다고 실토할 수도 있었을 텐데. 그녀는 정말로 오만한 여자였다. 아무 말 없이 십이 년 동안 시름시름 앓아오다 이제 죽어가려 하고 있으니.

　그는 울고 싶지 않았다. 울음을 삼키기 위해 그는 혼잣말을 했다. 아무 말이나. 닥치는 대로. 아내가 잠결에 그를 향해 돌아눕더니 그의 배 위에 손을 얹었다. 그 즉시 그는 괜한 짓을 했다고 후회했다. 물론 그는 아내 말고 다른 여자를 사랑했고 또한 그 여자로부터 사랑받았다. 그건 어쩔 수 없는 사실이었다. 그는 곁에 있는 얼굴을 바라보았다. 그리고 곁에 있는 손을 잡고 그 위에 입을 맞추었다. 그의 아내는 잠결에 배시시 미소 지었다.
　괜히 한탄할 필요는 없다. 스스로에게 거짓말할 필요도 없다. 불꽃같은 정열, 그건 한순간에 지나가버리고 마는 것, 지금은 아무 쓸모가 없으니까. 게다가 내일 그녀를 만나러 가선 안 된다. '시그마Ⅱ' 사(社) 사람들과 미팅이 있으므로. 괜한 일로 그의 회사 '마르슈롱'을 위기로 몰아갈 순 없다. 게다가 지금 마르슈롱은…….

그날 밤, 그는 잠을 이룰 수 없었다. 이런저런 생각이 그의 머릿속으로 물밀듯 밀려들었으므로.

그가 잠 못 이룬 이유가 그것뿐일까. 불빛이 어두워 아무것도 보이지 않았기 때문에, 우울증에 시달릴 때처럼 앞이 막막했기 때문에 여기저기 마구 부딪혔던 것 아닐까.

그날 밤 그녀도 잠을 이룰 수 없었다. 하지만 그녀는 원래 불면증에 시달리고 있다. 거의 뜬눈으로 밤을 새우다시피 하는 것이다. 그건 그녀가 낮 동안에 많이 움직이지 않기 때문이라고 의사들이 말했다. 아들들은 제 아버지네 집에 가 있어서 그녀는 달리 할 일이 없다. 그저 울기만 할 뿐.

울고 울고 또 울고.

좌절. 체념. 자포자기 상태. 이제 그녀는 '아무려면 어때'라는 말을 입에 달고 산다. 그리고 이제 됐다고, 그만 무대에서 퇴장해야겠다고 생각한다. 의사는 그녀더러 많이 움직이지 않으니 피곤할 일이 없고 그래서 불면증에 시달린다고 말하지만 그건 말도 안 되는 소리다. 가운만 말끔하게 차려입고 알아듣기 힘든 말만 줄줄이 늘어놓으면 뭐하나. 의사는 아무것도 모르고 있다. 사실 그녀는 피곤해 죽겠는데. 정말이지 피곤해 죽겠는데.

피에르에게 전화를 하고 나서 그녀는 울었다. 사실 전화번호는 예전부터 알고 있었다. 이제껏 그녀는 그들 사이를 갈라놓고 있는 그 숫자들을 수없이 눌렀다. 그리고 그의 목소리가 들려오는 순간 화들짝 놀라 수화기를 내려놓았다. 언젠가는 하루 온종일 그를 따라다닌 적도 있었다. 어디에 사는지, 어떤 차를 타고 다니는지, 어디서 일하는지, 옷은 어떻게 입고 다니는지, 혹시나 울적한 얼굴을 하고 있지는 않은지 알고 싶었으므로. 그녀는 그의 아내도 미행했다. 그리고 인정해야 했다. 그의 아내가 예쁘고 명랑하며 그의 아이들까지 낳았다는 사실을.

오늘 그녀가 우는 건 이미 멎어버린 지 오래되었다고 생각했던 심장이 다시 두근거렸기 때문이다. 그녀는 상상 이상으로 가혹한 삶을 살아왔다. 외롭다는 게 무엇인지 뼈저리게 경험했다. 그녀는 이제 뭔가를 느끼기에는 너무 늦었다고, 즐거운 시절은 다 지나갔다고 생각한다. 피검사 결과에 기겁하는 의사들을 본 후로는 더더욱 그 생각을 떨쳐낼 수가 없다. 그냥 몸이 좀 찌뿌드드해서 해본 검사였다. 유능하든 무능하든 의사라면 누구나 한마디씩 검사 결과에 대해 의견을 내놓았지만 그것을 어떻게 해결해야 할 것인지, 즉 그녀를 어떻게 치료할 것인지에 대해서는 입도 뻥긋하는 사람이 없었다.

오늘 그녀가 우는 건 생각하고 싶지 않은 이런저런 이유들 때문이다. 삶이 그녀에게 덤벼들고 있다. 그녀는 속으로 중얼거린다. 자신을 보호하기 위해서, 속을 후련하게 풀어내기 위해서 이렇게 우는 거라고.

내가 약속장소에 도착했을 때 그녀는 이미 거기 나와서서 나를 향해 웃어 보이고 있었다. 그리고 내게 말했다. 자기가 나를 기다리게 하지 않은 건 이번이 처음 아니냐고, 살다 보면 좋은 일도 있는 거라고. 나는 그런 것 같다고 대답해주었다.
우리는 서로 포옹하지 않았다. 나는 인사 삼아 그녀더러 하나도 변하지 않았다고 말했다. 인사말 치곤 한

심스러웠지만 틀린 말은 아니었다. 그녀가 전보다 훨씬 더 아름다워졌다는 것만 빼면. 그녀의 얼굴은 창백하리만치 희었다. 눈가와 눈꺼풀과 관자놀이에 파랗게 핏줄이 도드라져 보일 정도였다. 몸이 축나서 그런지 얼굴도 많이 야위어 있었다. 내 기억 속 그녀는 팔팔하기만한데 실제로 내 앞에 선 그녀는 세상사를 다 포기한 듯한 표정을 짓고 있었다. 그녀는 나를 물끄러미 바라보기만 했다. 내가 말하기를, 그리고 내가 입 다물고 있기를 바라며. 그녀는 계속 내게 미소를 보내고 있었다. 다시 만난 그녀 앞에서 나는 손을 어떻게 움직여야 하는지, 담배를 피워도 되는지, 그녀의 팔을 건드려도 괜찮은지, 도대체 갈피를 잡을 수가 없었다.

쉴리는 을씨년스런 소도시였다. 우리는 약속장소에서 좀 떨어져 있는 공원까지 걸어갔다.

도중에 우리는 살아온 이야기를 했다. 두서없이. 감출건 감춰가며. 그녀는 적당한 말을 고르느라 한참 뜸을 들이더니 불쑥 이렇게 물어왔다. '당혹'과 '무위'의 차이가 뭐냐고. 나는 글쎄, 라고 대답했고 그녀는 신경 쓰지 말라는 뜻으로 손을 내저었다. 그리고 이제껏 겪어온

일들 때문에 자신이 너무 까칠하거나 너무 딱딱한, 어쨌든 원래의 모습과는 완전히 딴판인 사람으로 변해버렸다고 말했다.

　문제의 병에 대해선 별 이야기가 오가지 않았다. 그녀가 자신의 아이들에 대해 이야기하던 중에 그 병 땜에 아이들이 많이 힘들었다고 말했을 뿐. 그녀는 요 언젠가 아이들에게 국수를 삶아주고 싶었지만 냄비를 들어 올릴 힘이 없어서 그것조차 해주지 못했다고 말하며 쓸쓸하게 웃었다. 정말이지 이건 살아도 사는 게 아니야. 그녀의 식구들은 슬픔 이상의 시련을 겪어내고 있었다.

　그녀는 나에게 아내와 아이들과 일에 대해 말해달라고 했다. 우리 회사 마르슈롱에 대해서도. 그녀는 나의 모든 것을 알고 싶어 하는 듯했지만 사실 내 말은 한마디도 듣고 있지 않았다.

　우리는 설치 후 단 한 번도 물을 뿜어낸 적이 없는 듯 바짝 말라버린 분수대 앞 칠이 벗겨진 벤치에 앉아 그렇게 이야기를 주고받았다. 죄다 추하기만 했다. 추하고 서글프기만 했다. 바람이 점점 쌀쌀해졌고 우리는 서로 조금씩 다가앉았다.

이윽고 그녀가 자리에서 일어났다. 이제 가봐야 한
다며.

그녀는 내게 부탁이 있다고 했다. 딱 하나만 부탁할
게. 너를 느끼고 싶어. 내가 아무 대답도 하지 않자 그녀
는 혼자서 계속 말을 이어갔다. 그 후로 오랫동안 나를
느끼고 싶었다고, 내 냄새를 맡고 싶었다고. 나는 외투
주머니에 넣고 있었던 손을 빼지 않았다. 그렇지 않으
면 나도……

그녀는 내 등 뒤에 서더니 내 머리칼에 코를 묻었다.
그리고 한참을 꼼짝도 하지 않았다. 거북하기 짝이 없
었다. 이윽고 그녀는 코끝으로 내 목덜미와 얼굴 주위
를 더듬었다. 얼마나 그러고 있었을까, 그녀의 코끝이
내 목을 타고 내려가기 시작했다. 잠시 후 그녀는 내 넥
타이를, 그리고 셔츠의 단추 두 개를 열었다. 이윽고 쇄
골이 시작되는 시점에서 그녀의 차디찬 코끝이 느껴졌
다. 나는…… 난…….

나는 그녀를 떼어내기 위해 거칠게 몸을 흔들었다.
그녀는 내 등에서 떨어지더니 내 어깨에 두 손을 얹었

다. 그리고 내게 가라고 말했다. 움직이지도 돌아서지도 말아줘. 제발, 제발…….

나는 움직이지 않았다. 그러고 싶지 않았다. 그녀가 내 부릅뜬 눈과 일그러진 입을 봐서는 안 될 일이었기에.

나는 한참을 기다렸다가 내 차를 향해 걸어갔다.

클릭클락

다섯 달 하고도 보름째 나는 판매주임 사라 브리오에게 욕망을 느끼고 있다.

아니, 이렇게 말해야 하지 않을까? 나는 다섯 달 하고도 보름째 사라 브리오에게 사랑을 느끼고 있다고. 글쎄다.

하여간 그동안 그녀에 대해 생각할 때마다 엄청난 정도의 발기가 일어났고 내 생전 그런 일은 처음이었기에 그 감정을 대체 뭐라 불러야 할지 모르겠다.

사라 브리오도 짐작은 하고 있을 것이다. 물론 그녀가 내 바지 앞자락을 건드리거나 허는 일은 없었지만 그래도 그녀는 짐작하고 있을 것이다.

당연한 얘기지만 그녀는 이번 주 화요일이면 내가 그런 감정을 느낀 지 다섯 달 하고도 보름이 된다는 것을 까맣게 모르고 있다. 왜냐, 그녀는 나보다 숫자에 둔감하기 때문이다(나야 공인회계사이니만큼 숫자에 민감할 수밖에 없지만……). 하지만 내 감정에 대해서만은 알고 있을 게 틀림없다. 불여우니까.

그녀가 남자들에게 말하는 것을 처음 들었을 땐 충격을 받았다. 지금은 들을 때마다 절망에 빠진다. 상대의 성기가 얼마만한지 훤히 들여다보고 있는 것처럼 말을 하니까(슈퍼맨 같은 투시력을 지닌 것처럼 말이다).

그런 여자가 회사에 있을 때 남자 사원들 사이에 어떤 일들이 벌어지는가 하는 건…… 당신의 상상에 맡긴다.

당신과 악수를 하고 당신이 묻는 말에 대답하고 당신에게 미소 짓고 가끔은 당신과 함께 구내식당에서 자판기 커피까지 함께 마시곤 하는 여자 앞에서 당신은 그저 다리를 오므리거나 꼴 생각만 해야 한다면 얼마나 끔찍한 일이겠는가.

무엇보다 난감한 건 뭘 하든 그녀는 당신의 눈만 뚫어져라 바라본다는 것이다. 그것도 눈만.

사라 브리오는 예쁘지 않다. 귀엽긴 해도 예쁘진 않다. 키도 별로 크지 않고 금발이긴 해도 그게 염색한 머리라는 건 바보가 아닌 다음에야 누구나 다 알 수 있다.

여느 여자들처럼 그녀도 바지를 즐겨 입는다. 그것도 청바지를. 유감천만이다.

그녀는 약간 통통한 편이다. 나는 곧잘 그녀의 통화 내용을 듣게 되는데(내 자리가 바로 그녀 옆자리인 데다 그녀의 목소리가 워낙 크기 때문에) 친구와 다이어트에 대해 수다 떠는 경우가 대부분이다.

한번은 그녀가 전화에 대고 오십 킬로그램이 되려면 아직 사 킬로그램을 더 빼야 한다고 말했다. 그런 걸 어떻게 다 기억하느냐고? 그 말을 들으며 수첩에 "54!!!"라고 적어 넣었기 때문이다.

그렇게 해서 알아낸 건 한두 가지가 아니다. 그녀가 이미 몽티냑 식이요법을 시도했다는 것, 그러느라 들인 돈 백 프랑을 몹시도 아까워하고 있다는 것, 여성지《비바》에 별쇄화보로 들어간 '에스텔 할리데이의 날씬한 몸매를 위한 특별 요리법'을 따로 뜯어내 간직하고 있다는 것, 손바닥만 한 부엌에 온갖 음식들의 칼로리가 다 적혀 있는 초대형 포스터를 붙여놓았다는 것, 음식 재료의 무게를 달 수 있는 소형 저울을 샀다는 것 등등.

그녀는 통화 내용으로 미루어 키 크고 마른 게 틀림

없는 마리란 친구와 다이어트에 대해 가장 많이 이야기하는 편이다(우리끼리 얘긴데 정말이지 멍청한 짓이다. 깡마른 키다리 친구가 다이어트에 대해 뭘 알겠는가?).

이제껏 내 이야기를 읽은 사람들 중에 몇몇 멍청이들은 속으로 이렇게 생각할 수도 있을 것이다. 뭐하러 그런 여자한테 목을 매지?

어이, 어이…… 내 얘기나 계속 들으시지!!!

언젠가 사라 브리오는 (아마 마리에게?) 전화로 이야기를 하다 말고 좋아라 깔깔댔다. 음식 재료용 저울을 어머니한테 슬쩍 떠넘기며 일요일마다 맛있는 케이크나 구워달라고 했다나? 그게 그렇게 기분이 좋았던 모양이다.

그러고 보면 사라 브리오는 그렇게 저속한 여자가 아니다. 매력적이지. 그녀를 보면 마구 껴안아주고 싶은 생각이 든다 해도 그건 그런 생각을 하는 인간의 문제지 그녀의 문제가 아니란 얘기다.

그러니 이제 다들 입을 다물도록.

어머니들의 날(프랑스에서는 5월 마지막 주 일요일을 어머니들의 날로 정해놓고 있다. 이날은 자녀들뿐만 아니라 남편도 아내에게 선물을 한다. 아버지들의 날은 6월 셋째주 일요일이다-옮긴이)을 일주일 앞두고 나는 점심시간을 이용해 갤러리라파예트 백화점의 여성 속옷 매장을 어슬렁거렸다. 옷깃에 빨간 장미를 꽂은 판매원 아가씨들이 아직 마음을 정하지 못한 아버지들에게 선물을 권하느라 분주했다.

나는 서류가방을 옆구리에 낀 채 상상의 날개를 폈다. 만약에, 만약에 내가 사라 브리오랑 결혼했다면……그랬다면 어떤 선물을 살까?

루, 파시오나타, 시몬 페렐, 르자비, 오바드(모두 유명 란제리 메이커-옮긴이)……. 아이고, 머리야.

어떤 것들은 너무 야했고(명색이 어머니들을 위한 선물인데) 어떤 것들은 색깔이 마음에 들지 않았다. 판매원 아가씨가 마음에 들지 않는 경우도 있었다(파운데이션을 바르는 건 좋다. 하지만 떡칠을 하면 어떡하나).

도대체 어디다 어떻게 걸치는 것인지 알 수 없는 물건늘도 많았다.

자잘한 똑딱단추를 허둥지둥 풀고 있는 내 모습이라니. 그리고 가터벨트라는 물건은 도대체 어떻게 해야 하나(벗겨야 하나 말아야 하나)?

덥다 더워.

마침내 나는 내 아이들의 엄마가 되어줄 여인에게 어울리는 선물을 발견했다. 크리스찬 디올의 비둘기빛 브라-팬티 세트. 품위 그 자체.

"사모님의 브라 사이즈가 어떻게 되시나요?"

나는 서류가방을 발목 사이에 끼워놓고 대답했다.

"한 이 정도쯤……."

나는 내 가슴으로부터 십오 센티미터가량 떨어진 지점에서 손바닥을 둥글게 오므려 보이며 말했다.

판매원 아가씨가 쌀쌀맞게 말을 받았다. "잘 모르시나 봐요? 키는 얼마나 되시죠?"

"음, 한 여기쯤 닿는 것 같은데……." 나는 내 어깨를 가리키며 대답했다.

"그러면(좀 어이없다는 표정으로) 일단 90C 사이즈로 드려볼게요. 너무 크시면 사모님께서 직접 교환하러 오시면 되니까요. 영수증을 잘 보관하고 계셔야 해요, 아시겠죠?"

"그러죠." 나는 일요일마다 물통과 나침반을 챙겨들

고 아이들과 함께 숲으로 놀러 나가는 아버지처럼 대답
했다.

"팬티는 어떤 걸로 드릴까요? 일반적인 모델로 하시
겠어요? 아니면 양 옆 부분이 끈으로 처리된 '탕가' 스
타일로 하시겠어요? 티팬티도 있는데 그건 선생님께서
찾으시는 제품이 아닌 것 같고……."

잘난 척하기는.

당신이 '쇼파르&미노' 사의 사라 브리오를 알기나
해? 그 아가씬 언제나 배꼽티 차림으로 노크도 없이 다
른 사무실을 드나드는 타입이라고.

그러나 막상 판매원 아가씨가 티팬티를 보여주었을
때 나는 머뭇거릴 수밖에 없었다. 안 돼, 그녀에게 저런
걸 입힐 수 없어. 너무 심했다. 그건 팬티가 아니라 고문
도구였다. 결국 나는 탕가를 선택했다. "보시다시피 삼
바 스타일이긴 한데 양 옆이 그렇게 많이 파이진 않았
답니다. 선물 포장을 해드릴까요?"

음, 탕가라, 탕가.

휴우.

나는 서류 파일과 파리 지도 사이에 장밋빛 선물상자

를 던져놓고 컴퓨터 앞으로 돌아갔다.

점심시간 끝.

아이들이라도 있었으면 고르기가 좀 수월하지 않았을까. "안 돼, 얘들아. '와플 굽는 틀'은 안 된다니까……."

하루는 수출과 동료인 메르시가 이렇게 물어왔다.

"그 여자가 그렇게 맘에 들어?"

레스토랑 마리오에서 식권을 내밀고 있는 중인데 멍청하게 그런 걸 물어보다니. 여기가 군대야? 옆구리만 쿡쿡 찔러대면 있는 얘기 없는 얘기 다 털어놓게?

"말해봐, 난 널 취향이 꽤 고상한 친구로 알고 있다고."

나는 녀석에게 말하고 싶지 않았다. 전혀.

"그 여자 착한 것 같아, 안 그래?(과장된 윙크)"

나는 모르겠다는 뜻으로 고개를 가로저으며 말했다.

"뒤주아뇨도 그렇게 말하던데……."

"뒤주아뇨 그 녀석, 그 여자랑 사귀었거든!"

그 말에 나는 식권을 몇 장이나 내야 할지 잊어버리고 말았다.

"아냐, 그 자식은 모바르한테 들은 걸 가지고 떠들

어대는 거야. 모바르는 그 여자랑 잤지. 그런데 말이야……."

메르시에는 물기라도 털어내려는 듯 손을 마구 휘저어댔다. 입으로는 소리 없이 '바보들'이라고 말하면서.

"……끼가 넘치는 여자야…… 브리오란 여자 말이야, 화끈함 그 자체라니까…… 이런 이야기까지 하기는 뭐하지만……."

"그럼 하지 마. 그런데 모바르가 누구야?"

"홍보과에서 일했는데 네가 입사하기 전에 사표를 냈어. 좀더 큰물에서 놀아보겠다는 거였지……."

"그렇군."

메르시에, 한심한 자식. 완전히 횡설수설이다. 머릿속으로는 온갖 섹스 체위를 떠올리고 있겠지.

메르시에, 한심한 자식. 너 알기나 해? 내 누이들이 널 '며루치'라 부른다는 거? 그리고 네 똥차 포드 타우너가 화제에 오를 때마다 배꼽을 잡는다는 거?

메르시에, 한심한 자식. 이니셜이 새겨진 요란한 금반지나 끼고 다니는 주제에 감히 내 누이 미리암한테 치근대기나 하고.

메르시에, 한심한 자식. 지적인 여자에 대한 미련을

버리지 못하면서 여자와 처음 만나는 자리에도 휴대폰을 허리춤에 차고 자동차용 라디오를 옆구리에 낀 꼬락서니로 나가지?

메르시에, 한심한 자식. 누나랑 여동생이 너를 두고 뭐라고 하는지 생각해본 적 있어? 물론 너를 화제에 올리는 일이 흔하진 않지만 말이야.

살면서 예측 가능한 일은 아무것도 없다. 어떻게 해서 이런저런 일이 일어나게 되는지, 별것도 아닌 뭔가가 왜 갑자기 어마어마하게 중요한 뭔가가 되어버리는지 우리네 인간으로서는 도저히 알 수 없다는 얘기다. 내 인생도 비둘기빛 실크 백오십 그램 때문에 확 달라져버렸으니.

내가 누이들과 함께 콩방시옹 역 근처 백십 평방미터짜리 아파트에서 산 지 어언 오 년 하고도 팔 개월째다.

처음엔 여동생 파니하고만 같이 살았다. 파니는 나보다 네 살 어리고 파리5대학, 즉 파리 의대에 다니고 있다. 부모님은 내게 생활비도 아낄 겸 파리 물정을 잘 모르는 파니를 데리고 살면서 잘 돌보라고 하셨다. 파니는 고향 뭘과 자기가 다닌 고등학교와 단골 카페, 그리고 제 조립식 스쿠터밖에 모르는 아이였으므로.

나는 파니와 잘 지낸다. 별로 말이 없고 내가 하자는 대로 하기 때문에.

예를 들어, 파니가 요리를 하기로 한 날 내가 다루기 힘든 생선을 사와도 그 애는 전혀 불평하지 않는다. 즉 늘 상황에 맞춰나가는 아이다.

미리암은 좀 다르다.

맏이인 미리암은 나하고 한 살밖에 차이가 나지 않는다. 처음 보는 사람이 우리를 오누이로 볼 가능성은 극히 희박하다. 미리암은 잠시도 입을 다무는 법이 없다. 가끔은 머리가 어떻게 된 거 아닐까 하는 생각이 들기도 하지만 그건 아니다. 미리암은 집안의 유일무이한 예술가이니 이해해주는 수밖에…….

미리암은 예술이라는 명분 아래 사진을 찍고 마섬유와 쇠수세미를 동원해 콜라주를 하고 비디오카메라의 렌즈에다 페인트를 흩뿌린 후 촬영을 하고 제 몸을 이용해 이런저런 것들을 하고 룰루 드 라 로셰트(맞나?)와 함께 공간을 창조하고 그리고 또 시위하고 조각하고 춤추고 등등 여러 가지 일들을 한다.

요즘 미리암은 뭔가를 그리고 있는데, 나로서는 아무리 눈살을 찌푸리고 들여다봐도 이해할 수가 없다. 미리암 왈, 나는 선천적으로 예술적 감각이 결여되어 있기 때문에 아름다운 것을 볼 줄 모른단다. 흠.

최근에 우리는 볼탕스키(Christian Boltanski, 1944~. 프랑스 미술가로 오래된 사진이나 서류, 일상적인 물건들을 가지고 존재와 삶에 의문을 던지는 작품을 만드는 데 몰두하고 있다-옮긴이) 전시회에 함께 가서 몹시 다퉜다(솔직히 나를 그런 데 데려가려는 생각을 했다는 게 참……. 내가 뭔가 이해해보려고 얼마나 바보스런 표정을 짓고 있었겠는가?).

미리암은 진짜 바람둥이다. 만 열다섯 살 때부터 지금까지 계속 육 개월에 한 번 꼴로(내 계산이 틀리지 않는다면 총 서른여덟 번이다) 새 애인을 선보이고 있다. 착한 사람, 진실한 사람, 플라토닉 러브, 이번에는 진짜다, 건실하다, 마지막이다, 확실하다, 진짜 마지막이다(갈 데까지 갔으니까)…….

미리암은 전 유럽을 제 손에 넣었다. 스웨덴 남자 요

안, 이탈리아 남자 주세페, 네덜란드 남자 에릭, 에스파냐 남자 키코, 생캉탱앙이블린(파리 남서쪽 신도시—옮긴이) 남자 로랑…… 이밖에도 서른세 명이 더 있는데 이름이 생각나지 않아서 생략한다.

내가 파니와 함께 아파트에 살기 시작했을 때 미리암은 키코와 동거 중이었다. 키코는 (미리암에 의하면) 장래가 촉망되는 천재적인 영화감독이다.

갓 이사 왔을 때만 해도 미리암은 아파트에 자주 드나들지 않았다. 어쩌다 키코와 함께 저녁을 먹으러 오는 정도였다. 그때마다 키코는 끝내주는 와인을 선물로 들고 왔다. (그럴 수밖에. 하루 종일 하는 일이라곤 와인 고르는 것밖에 없으니까.)

키코는 내 마음에 쏙 드는 남자였다. 그는 고통스런 눈길로 미리암을 바라보다 고개를 절레절레 흔들면서 와인을 한 잔 더 따라 마시곤 했다. 그리고 그는 요상한 것들도 즐겨 피웠다. 그래서 그가 왔다 간 다음 날이면 나는 집 안에 떠도는 이상하고도 야릇한 냄새를 없애기 위해서 집 안 구석구석 탈취제(인동덩굴 향)를 뿌려대야 했다.

　몇 달이 지나자 미리암은 뻔질나게 아파트를 들락거리기 시작했다. 그것도 혼자서. 그때마다 미리암은 파니와 함께 파니의 침실에 틀어박혔고 거기선 한밤중까지 깔깔대는 소리가 새어나오기 일쑤였다. 하루는 저녁때가 다 되어서 먹을 거나 좀 가져다줘야지 하고 방문을 열었더니 둘 다 방바닥에 드러누운 채 장자크 골드만의 오래된 테이프를 듣고 있었다. 네에가 떠어어나아아았기…… 어쩌고저쩌고…….

　한심 그 자체.

　가끔 미리암은 아파트에서 자고 가기도 했다. 물론 그러지 않을 때도 있었고.
　욕실의 양치용 컵에는 칫솔이 하나 더 늘었고 밤이면 종종 소파 겸용 침대가 펼쳐졌다.
　그러던 어느 날 미리암이 전화기를 가리키며 말했다.
　"키코한테 전화 오면 나 없다고 해줘……."
　그러다, 그러다, 그러다…… 어느 날 아침 미리암이

내게 물었다.

"여기서 같이 지내도 괜찮지? ……물론 나도 생활비
는 낼 거야……."

나는 아침식사로 비스코트를 먹는 중이었는데, 먹고
있던 비스코트가 부스러질세라 조심하고 또 조심했다.
내가 세상에서 가장 싫어하는 것이 비스코트를 부스러
뜨리는 것이었으므로. 나는 미리암에게 대답했다.

"그래, 같이 지내지 뭐."

"넌 정말 좋은 애야. 고마워."

"그런데 한 가지……."

"뭐?"

"담배는 베란다에 나가서 피워줬으면……."

미리암은 생긋 웃으며 자리에서 폴짝 일어나더니 누
가 예술가 아니랄까봐 야단스레 나를 끌어안고는 쪽 소
리 나게 뽀뽀를 했다.

당연히 비스코트는 부서지고 말았다. 나는 '일 났군, 일
났어…….'라고 속으로 중얼거리며 부스러기 한 조각도
허투루 버리는 일이 없도록 전부 손으로 쓸어 모아 코코
아 잔에 털어 넣었다. 어쨌든 기분 좋은 아침이었다.

좌우지간 어느 날 갑자기 식구가 한 명 더 늘어난다는 건 골치 아픈 일이다. 바로 그날 저녁 나는 조정에 들어갔다. 그리고 각자 능력에 맞게 집세를 나눠 내는 건 물론이고 장보기와 식사준비와 청소 등 집안일도 나눠서 하자고 제안했다. 냉장고 문을 좀 보시지요, 아가씨들. 달력에 식사 당번을 표시해놨어. 빨간색은 파니, 파란색은 미리암, 그리고 노란색은 나야. 저녁을 밖에서 먹고 들어오거나 손님을 데려올 때는 미리 알려주고 어떤 손님인지도 미리 이야기해주고, 손님이 남자인 경우 집에서 같이 잘 생각이 있는지 없는지 미리 알려주면 고맙겠고, 어느 방에서 잘 것인지는 두 사람이 알아서 해결하도록 하고 또…….

"자, 그만하면 됐어……. 너무 난리치지 말라고."

미리암이 말했다.

"정말 너무 난리법석이다."

파니도 제 언니를 거들었다.

그러자 미리암은 한층 더 열을 올렸다. "그러는 넌? 너도 아파트에 여자를 데려올 땐 미리 알려주도록……. 알겠지? 그래야 미리미리 스타킹 나부랭이며 찢어진 콘돔 따위를 치워놓지……."

두 여자는 이런 식으로 나를 마구 몰아세웠다.

불행 그 자체.

셋이서 살아가는 것도 나름대로 괜찮았다. 고백하는데, 뭔가 문제가 생기리라고 생각한 내가 문제였다. 자매는 뭐든 잘 돌아가길 바랐고 그런 만큼 뭐든 잘 돌아갔다. 만사형통이었다.

지금 생각해보니, 미리암이 파니 곁에 있게 되어 얼마나 다행인지 모르겠다.

파니는 제 언니와 정반대다. 즉 낭만적이고 사랑에 목매며 쉽게 상처받는다.

늘 사랑해서는 안 되는, 머나먼 곳에 있는 남자만 사랑한다. 만 열다섯 살 때부터 지금까지 아침마다 우편함을 기웃거리고 전화벨이 울릴 때마다 소스라친다.

그건 살아도 사는 게 아니다.

시작은 릴에 사는 파브리스라는 남자였다(북쪽의 릴과 남쪽의 튈이라, 그 거리를 한번 상상해보시라!). 그는 격정적인 편지 세례로 파니를 압도했다. 그런데 그 편지엔 그 자신에 대한 이야기밖에 없었다. 사 년간의 엇갈린 풋사랑.

그다음은 폴이라는 친구였는데, 그는 '국경 없는 의사회'의 일원이 되어 부르키나파소로 떠나면서 파니에게 의사로서의 사명감과 느려터진 우편배달에 대한 울분과 날마다 넘쳐나는 눈물을 남겨주었다. 오 년에 걸쳐 국경을 넘나들었으나 결국 이뤄지지 못하고 엇갈려버린 사랑.

그중에서도 지금 진행 중인 사랑이 단연 압권이다. 한밤중에 자매의 방에서 새어나오는 얘기와 밥상머리에서 오가는 이런저런 암시들을 종합해보면 파니는 요즘 유부남 의사를 사랑하고 있다.

욕실에서 들려온 자매의 대화 한 토막.

미리암은 그때 이를 닦는 중이었다.

"그 사람, 혹시 애 있니?"

아마도 파니는 변기 뚜껑을 덮어놓고 그 위에 걸터앉아 있는 것 같았다.

"아니."

"그나마 다행이네…… 푸후(치약 뱉어내는 소리)……애까지 딸려 있으면 정말 골치 아프지. 어쨌든 나라면 유부남하고 그렇고 그런 사이는 되지 않을 거야."

파니는 대답하지 않았다. 틀림없이 머리칼을 잘근잘근 깨물면서 욕실바닥에 깔려 있는 러그나 제 발가락을 내려다보고 있었으리라.

"너 꼭 일부러 그러는 것 같아……."

"……."

"어쩜 그렇게 골치 아픈 남자만 골라서 사귈 수 있니? 게다가 의사들이 얼마나 밥맛없는지 알아? 나중엔 골프에 맛을 들여서 천날만날 세미나다 뭐다 핑계 대 놓고 마라케시의 클럽메드 휴양지 같은 데 처박혀 있을걸? 그러는 동안 너는 혼자서 집이나 지켜야 할 테고……."

"……."

"그리고 한 가지 더 말해두겠는데…… 집이나 지킨다는 것도 일이 잘 풀렸을 때의 이야기야. 일이 그렇게 술술 잘 풀릴 것 같아? 그 사람 마누라가 제격 이혼해줄까? 그 여자는 악착같이 의사 마누라 자리를 차고앉아 있으려고 할걸? 로타리클럽 모임이 있을 때마다 치과의사 마누라한테 마라케시에서 선탠을 하고 왔느니 어쪄느니 자랑을 늘어놔야 하니까."

파니는 미리암의 이야기가 우스운 모양이었다. 중얼
거리는 목소리에 웃음이 묻어났다.

"언니 말이 맞을지도 몰라……."

"당연히 내 말이 맞지!"

파니의 유부남 의사 사귀기는 육 개월 만에 끝날 것
이다(아마도).

"그러니까 이번 토요일 저녁에 나하고 들로네(Robert
Delaunay, 1885~1941. 프랑스 화가. 빛과 색채에 대한 끊
임없는 실험을 통해 입체파 운동에 많은 영향을 주었다-옮긴
이) 갤러리에 가자. 베르니사주(전시회 개최 전날의 특별
초대-옮긴이) 뷔페를 누가 준비했는지 알거든. 썩 괜찮
을 거야. 분명히 마르크도 올 거고……. 걔를 너한테 소
개시켜줘야겠다! 일단 만나봐! 정말 끝내주는 애야. 게
다가 엉덩이도 얼마나 예쁘게 생겼다고!"

"치, 무슨 소릴……. 그런데 무슨 전시회야?"

"어, 기억이 잘 안 나는데? 저기, 저 서류가방 좀 건네
줄래, 응?"

미리암은 종종 그 이름도 유명한 포숑의 고급 수제
요리와 맛난 와인을 사와서 식사의 질을 높여주었다.

그리고 계속 엉뚱한 작업에 몰두했다. 몇 주에 걸쳐 다이애나 황태자비에 대한 책과 잡지를 탐독하더니(무엄하게도 우린 거실을 지날 때마다 고인이 된 황태자비를 밟지 않을 수 없었다) 그녀를 제대로 묘사하는 기술을 연마했다. 그러고는 주말마다 다이애나 비가 사고를 당한 장소인 알마교 한구석에 화구들을 내려놓고 고인을 추모하며 울먹이는 여자들의 모습을 스케치했다.

전형적인 일본인 여자 관광객 한 사람은 눈알이 튀어나올 만큼 어마어마한 액수를 지불하고(어리석은 짓에는 반드시 그 대가가 따르는 법) 다이애나 비의 초상 옆에 서 있는 자신의 모습을 스케치해달라고 부탁했다. 웃고 있는 다이애나(해리 왕자의 학교 축제 때). 울고 있는 다이애나(벨파스트의 에이즈 환자들과 함께). 연민 어린 표정의 다이애나(리버풀의 에이즈 환자들과 함께). 그리고 뾰로통하게 토라진 다이애나(노르망디 상륙작전 50주년 기념식에서) 등등.

고마운 예술가 아가씨. 나는 미리암이 사온 맛난 와인을 적당한 온도로 만드는 데 몰두했다.

우리는 셋 다 그런대로 잘 지냈다. 파니와 나는 전보다 말은 더 많이 하지 않아도 웃기는 더 많이 웃었다. 미리암은 전혀 차분해지지 않았지만 그래도 그림을 그리니 뭐. 누이들에게 나는 이상적인 남자였지만 절대로 결혼 상대는 아니었다.

하지만 나는 그런 걸 가지고 왈가왈부하지 않았다. 그저 부엌의 오븐이 어떻게 되어 있나 살펴보면서 어깨만 으쓱하고 말았을 뿐.

그러던 어느 날 한 줌도 안 되는 란제리가 '파업사태'를 일으키고 말았다.

소파 아래 내려 앉아 누이들을 바라보며 한숨짓는 밤은 이제 그만. 속을 뒤집어놓고 머리를 헤집어놓는 파니의 병원 당직실산(産) 칵테일도 이제 그만. 지긋지긋한 말다툼은 더더군다나 이제 그만.

"참 내, 잘 생각해봐, 이 바보야! 그런 걸 기억 못하면 어떡해? 도대체 둘 중에 누구였어? 릴리안이었어, 트리스탕이었어?"

"모르겠다니까. 말을 완전히 먹어버리던데 뭘."

"에이, 말도 안 돼! 너 지금 일부러 그러는 거 아냐?

잘 생각해봐!"

"미리암 좀 바꿔주세여, 나는 르트프르그즈팡임다'
라고 하더라. 됐어?"

그러자 미리암은 부엌으로 뛰어 들어갔다.

"냉장고 문 좀 살살 닫아주면 고맙겠……."

쾅!!!

"……그리고 그 작자한테 괜찮은 발음교정사 좀 소개
해주……."

"르트프르그즈팡보다 못한 드웅신……."

"저런, 누나부터 발음교정사한테 가봐야겠는……."

쾅!!!

내 특제 닭요리와 함께하는 화해의 순간도 이제 그
만. (어때? ……르트프르그즈팡 같은 인간한테 등골 빠
져가면서 사는 것보단 여기서 우리랑 닭뼈 뜯으며 사는
게 훨씬 낫지 않아?)

일주일 산 식당당번도 토요일마다 장보기도 화장실
에 나뒹구는 여성지도 볼탕스키의 허섭스레기를 가지
고 잘난 척 떠들어대는 다국적 예술가들도 밤샘 파티도
파니 시험공부 도와주기도 시험결과가 나왔을 때의 스

트레스도 아래층 아줌마의 앙심 어린 눈길도 제프 버클리의 노래도 양탄자 위를 뒹굴면서 만화나 뒤적이는 일요일 오후도 텔레비전 앞에서 사탕이나 주워 먹는 일요일 밤도 노상 뚜껑이 열린 채 말라붙어 사람을 환장하게 만드는 치약도 이제 모두 그만, 그만, 그만.

젊고 유치한 시절도 이제 그만.

파니가 의대생으로서 마지막 시험을 치른 후 축하파티가 열렸다. 드디어 파니의 십 년 고생에 끝이 보이기 시작한 것이다.

"휴! 십 년 내내 어떻게 이 고생을 했는지 몰라……."
파니가 배시시 웃으며 말했다.

나지막하고 둥근 테이블 주변에는 문제의 유부남 의사(결혼반지를 끼고 오지 않았다. 비겁한 자식! 나중에 골프에 맛을 들여 마라케시를 제 집 드나들듯 할 거면서)와 의대 동기 여학생들이 둘러앉아 있었다. 참, 그 중에는 로라라는 아가씨도 있었는데, 내 누이들이 나랑 그 아가씨를 엮어보겠다고 이제껏 몇 번이나 터무니없는 짓거리를 꾸며댔는지 모른다. 그 아가씨가 내게 말을 걸면서 목소리가 약간 떨렸다는 이유로 말이다. (으

휴!…… 한번은 누이들이 로라를 위해 깜짝 생일 파티를 해주기로 했으니 그 집으로 가보라고 해서 다들 모여 있는 줄 알고 갔다가 텅 빈 집에 그 억센 아가씨랑 단둘이 남겨진 적도 있었다. 그 아가씨가 바닥에 콘택트렌즈를 떨어뜨렸다고 해서 염소털 양탄자가 깔린 바닥을 계속 엉금엉금 기었는데, 지금 생각해도 정말이지…….)

그밖에도 파티에는 마르크(엉덩이가 하도 예쁘다기에 맘먹고 열심히 들여다봤는데, 뭐…… 쳇!)와 생전 처음 보는 미리암의 친구들이 왔다.

미리암의 친구들은 하나같이 물건들 중의 물건들이었다. 남자들은 죄다 머리에서 발끝까지 얼룩덜룩 문신을 했고 여자들은 말 그대로 '쭉쭉빵빵'인 몸매를 뽐내고 있었는데 누가 말이라도 걸라치면 자지러질 듯 깔깔대며 머리채인지 갈기털인지 모를 것을 마구 흔들어댔다.

파티를 하기 전에 누이들이 말했다.

"회사 동료를 불러도 돼……. 참, 그러고 보니 이제껏 우리한테 동료들을 한 번도 소개해준 적이 없네?"

그럴 만하지, 이 아가씨들아……. 나는 공인회계사 자격증 취득 기념으로 엄마가 사주신 '신나' 소파 위에 엎

어져 땅콩을 까먹고 있는 암컷들과 수컷들을 보면서 이
렇게 생각했다. 그럴 만하지…….

밤이 이슥해서 다들 맛이 갈 만큼 갔을 때 미리암이
향초를 가져오겠다며 내 방으로 가더니…… 발정난 칠
면조 암컷처럼 꽥꽥 꺅꺅거리면서 거실로 돌아왔다. 사
라 브리오에게 선물하기로 한 브래지어와 팬티를 흔들
어대면서.

맙소사.

이제 파티의 주인공은 파니가 아니라 나였다.

"어머머, 올리비에 씨, 이게 뭐예요?! 혹시 섹스 숍이
라도 차릴 생각이신지? ……파리 남정네들이 화끈 달
아오르겠네요! 이게 뭔지 모른다고 하지는 않으시겠
죠?!"

그러고 나서 미리암은 끔찍한 쇼를 벌였다.

스트립 댄서처럼 허리와 엉덩이를 흔들어대질 않나,
'사라 브리오' 팬티에 코를 대고 킁킁거리질 않나, 할
로겐 등에 몸을 비벼대다 그걸 붙안고 나자빠지질 않
나…….

통제 불능.

다들 배꼽을 잡고 웃어댔다. 미래의 골프 황제께서도.

"됐어. 이제 그만해. 손에 들고 있는 거 이리 주고."

"누구 주려고 샀어? 말하면 돌려주지롱……. 그렇게 해야 되겠죠, 여러분?!!!"

그러자 우리 집에 모여든 바보천치들은 휘파람을 불어댄다, 유리잔에 이를 딱딱 부딪친다, 야단법석을 떨어댔다. 거실을 엉망으로 더럽혀놓은 주제에!

"어머나, 가슴도 엄청 큰 아가씬가 봐요!!! 이 크기 좀 봐, 95는 되겠네!!!" 둔탱이 로라가 호들갑을 떨었다.

"너무 신경 쓰지 마, 응?……" 파니가 '썩소'를 지으며 내 귀에 속삭였다.

나는 자리에서 일어났다. 그리고 열쇠와 점퍼를 집어 들고 밖으로 나갔다.

쾅!!!

나는 그날 밤 (집에서 지하철로 한 정거장 떨어져 있는) 포르트드베르사유 역 근처에 있는 이비스 호텔에서 잤다.

아니, 잠은 자지 않았다. 이것저것 생각하느라.

날이 희붐하게 밝아올 때까지 유리창에 이마를 댄 채 엑스포 공원을 바라보았다.

을씨년스럽긴.

아침이 왔을 때 나는 완전히 마음을 정한 상태였다. 그리고 말짱한 정신으로 이비스 호텔에서 제공하는 푸짐한 아침식사를 하나도 남김없이 깨끗하게 먹어치웠다.

그러고 나서 나는 벼룩시장에 갔다.

그렇게 나만의 시간을 가져본 게 도대체 얼마만인지.

나는 마치 관광객 같았다. 나는 호주머니에 두 손을 찔러 넣은 채 어슬렁어슬렁 돌아다녔다. 전 세계의 이비스 호텔에서 고객에게 제공하는 니나 리치 애프터 셰이브 로션 냄새를 폴폴 풍기면서. 사랑하는 회사 동료 아가씨가 어느 골목 모퉁이에서 불쑥 나타나준다면 얼마나 좋을까.

"어머, 올리비에!"

"오, 사라!"

"어머, 올리비에, 오늘따라 좋은 냄새가 나네?"

"오, 사라!!!……"

나는 카페테라스에 앉아 따사로운 햇살을 듬뿍 받으며 생맥주를 마셨다.

때는 6월 16일 정오 무렵, 날씨는 화창하고 인생은 아름다웠다.

나는 벼룩시장에서 기기묘묘하게 장식이 된 새장을 하나 샀다.

새장 장수에 따르면 19세기에 만들어진 물건이란다. 웬 귀족의 대저택에서 지금의 형태 그대로 발견되었는데, 그래가지고서리 어쩌고저쩌고……. 그런데 계산은 어떻게 하시겠소?

나는 사내의 입을 틀어막고 싶었다. 19세기 물건이든 21세기 물건이든 아무 상관 없다니까요.

새장을 들고 아파트 문을 여는 순간, 소독약 냄새가 확 끼쳐왔다.

집 안은 깔끔함 그 자체였다. 먼지 한 톨 없었다. 게다가 식탁에는 꽃 한 다발과 함께 쪽지가 한 장 놓여 있었다. 우린 식물원에 가. 저녁에 보자. 안녕.

나는 방으로 가서 손목시계를 풀었다. 시계를 침대 머리맡 탁자에 놓으려는데 크리스찬 디올의 장밋빛 선물상자가 눈에 들어왔다. 선물상자는 아무 일 없었다는 듯 거기 그렇게 놓여 있었다.

아아아!!! 사랑스런 누이들이여…….

아가씨들, 오늘 저녁엔 영원히 기억에 남을 닭찜을 만들어줄게!

자, 와인부터 먼저 골라놔야지……. 그리고 앞치마를 둘러야지, 그럼그럼.

디저트로는 통밀 쿠키를 구워야지. 반죽에 럼주를 듬뿍 넣고. 파니가 좋아라 할 거야.

마침내 누이들이 돌아왔을 때 나는 달려나가 껴안고 뺨을 비벼대는 요란한 광경을 연출하지는 않았다. 둘은 생긋 웃으며 조용히 현관문을 닫았다. 얼굴마다 식물원에서 본 조그만 꽃송이들이 조랑조랑 매달려 있는 것 같았다.

셋이 같이 살기 시작한 후 처음으로 우리는 설거지를 서두르지 않았다. 어젯밤 한바탕 난리법석을 치르고 난 뒤끝이라 아무도 밤외출을 하려 하지 않았다. 우리는 셋이 부엌에 모여 앉아 미리암이 끓여준 박하차를 마시며 이야기를 나눴다.

"이 새장은 웬 거야?" 파니가 물었다.

"오늘 아침에 벼룩시장에서 샀어. 맘에 들어?"

"응."

"그럼 선물할 테니 가져."

"어머? 고마워. 그런데 왜 우리한테 선물을?"

머리 잘 돌아가고 눈치 빠르기로 유명한 미리암이 내게 물었다. 그리고 발코니로 나가 담배를 피워 물었다.

"나를 기억하라고. 빈 새장을 볼 때마다 새가 날아갔다고 생각해줘."

"왜 그런 말을 하는 거야?!"

"아가씨들, 난 여기서 나가기로 했어."

"어디로 갈 건데???"

"이제부터 다른 데서 살 거야."

"누구랑???"

"나 혼자."

"왜 그래? 어젯밤 일 땜에 그러는 거야? 미안해, 알다시피 난 원래 취하면⋯⋯."

"아니, 그것 때문에 그러는 거 아냐."

파니는 몹시 충격을 받은 모양이었다. 얼굴을 마주보고 있기가 미안했다.

"우리가 싫어진 거야?"

"아니, 그런 거 아냐."

"그럼 왜?" 파니의 눈에는 눈물이 그렁그렁했다.

미리암은 거실의 테이블과 창문 사이에 서 있었다. 담배를 서글프게 꼬나물고서.

"이봐, 올리비에. 대체 왜 그래?"

"나, 사랑하는 사람이 생겼어."

진작 이야기하지, 바보천치멍청이!!!

왜 우리한테 소개하지 않았어? 뭐? 우릴 보면 놀라서 도망갈까봐? 우릴 몰라도 너무 모르네⋯⋯. 아니, 우릴 잘 안다고? 아하?

그 아가씨 이름이 뭐야?

예뻐? 그렇다고? 이런 젠장…….

뭐? 그 아가씨랑 이야기도 제대로 해본 적 없다고? 진짜 바보 아냐? 그치, 너 바보지?

아니, 오빠 바보 아냐.

그 아가씨한테 말도 한번 못 걸어봤다면서 그 아가씨 땜에 이사를 간다고? 순서가 틀렸잖아, 순서가. 아, 물론 순서야 네가 정하는 거지만…….

사랑 고백은 언제 할 거야? 때가 되면? 좋아, 적절한 작전을 세우시겠다 이거지……. 그 아가씨, 유머감각은 있어? 잘됐네, 잘됐어.

그 아가씨를 정말 사랑해? 대답하기 싫어? 귀찮아?

귀찮으면 귀찮다고 얘기해.

결혼식에 초대할 거지? 얌전하게 있겠다고 약속하면?

내 마음이 묵사발됐을 때 이제 누가 날 위로해주려나?

그리고 나는? 이제 내 시험공부는 누가 봐주지?

내 응석은 누가 받아주고?

그 아가씨 정말 예뻐?

그 아가씨한테도 특제 닭찜을 만들어줄 거야?

보고 싶을 거야, 오빠.

이삿짐을 꾸리면서 나는 깜짝 놀랐다. 가지고 갈 물건이 너무 없었다. 이삿짐센터에서 보내준 소형트럭에 짐을 싣고 한 번 왔다 갔다 하니 그걸로 그만이었다.

이 상황을 좋게 봐야 할지 나쁘게 봐야 할지. 내가 물건에 별로 집착하지 않는 인간이라서 그렇다고 보면 좋은 것이고, 나이 서른에 가진 게 종이상자 열한 개 분량밖에 안 된다고 보면 그건 좀……

아파트에서 나가기 전에 나는 잠시 부엌에 앉아 있었다.

처음 얼마 동안 나는 침대를 들이지 않고 맨바닥에서 그냥 잤다. 언젠가 잡지에서 읽었는데, 그렇게 자면 등이 아주 좋아진단다.

침대 없는 생활이 십칠일째로 접어들던 날, 나는 조립식 가구 전문점 '이케아'에 갔다. 등이 아파서 견딜 수가 없었으므로.

가구를 장만하는 문제로 내가 얼마나 머리를 쥐어짰는지 모른다. 가구 배치도를 실제로 그려보기까지 했다.

가구점의 판매원 아가씨도 나와 똑같은 입장이었다.

그렇게 조그만 보금자리에는 침대보다 침대 겸용 소

파가 낫죠.

침대 겸용 소파 중에 가장 싼 제품은 '클릭클락'이에요.

클릭클락으로 하자.

나는 부엌용품 세트(야채 탈수기와 치즈용 채칼 포함 65가지 제품이 단돈 399프랑)와 양초(만약의 사태에 대비하는 차원에서……)와 모포(글쎄, 왠지 몰라도 집에 모포를 갖춰놓고 살면 멋있어 보일 것 같았다)와 갓전등(어이구!)과 신발털개(선견지명)와 선반(당연히 사야지)과 화분(필요한지는 두고 봐야 알겠지만……)과 그밖에 온갖 살림살이를 사들였다(판매원이 그렇게 하라고 했다).

미리암과 파니는 계속해서 자동응답기에 메시지를 남겼다.

삐리릭. "오븐을 어떻게 켜지?"

삐리릭. "오븐을 켜긴 켰는데 퓨즈가 나가버렸어……."

삐리릭. "말한 대로 하고 싶은데 일단 손전등이 어디

있는지 그것부터 가르쳐줄래?"

삐리릭. "저기, 응급구조대 전화번호가 몇 번이지?"

삐리릭. 삐리릭. 삐리릭······.

누이들이 메시지를 남발하는 편이긴 했지만, 나는 혼자 사는 사람들이 으레 그렇듯 퇴근해서 저녁에 집에 돌아오면 전화기에 메시지가 남겨져 있는지 그것부터 먼저 살폈다.

혼자 살면 그럴 수밖에 없다.

그런데 어느 날 갑자기 삶이 급물살을 타기 시작했다.

나는 그렇게 통제할 수 없는 상황이 닥치면 겁부터 먼저 집어먹는다. 바보.

그런데 내 경우 '통제할 수 없는 상황'이란?

간단하다. 어느 날 아침 내가 땀 흘려 일하고 있는 사무실에 사라 브리오가 들이닥치더니 치마가 말려 올라가는 줄도 모르고 내 책상 위에 올라앉은 것이다.

이어지는 그녀의 속삭임.

"안경알이 더러워진 것 같은데?"

사라 브리오는 장밋빛 블라우스 자락을 치마 속에서

빼내 내 안경알을 닦기 시작했다. 아무렇지도 않다는 듯이.

　나는 엄청난 발기를 경험한다. 그 서슬에 책상이 뒤집어지지나 않을까 걱정스럽다(물론 좀더 훈련을 해야 그 경지에 이르겠지만).

　"저기, 이사했다며?"

　"응, 한 보름 됐어."

　(푸, 숨 쉬어……. 괜찮아, 괜찮다고.)

　"어디로 이사했는데?"

　"10구."

　"어, 나도 거기 사는데."

　"그래?!"

　"잘됐다. 함께 지하철 타고 출퇴근하면 되겠네……."

　(시작은 늘 그렇지.)

　"집들이 안 할 거야?"

　"할 거야! 그럼 하고말고!"

　(첫 번째 희소식.)

　"언제?"

　"글쎄, 언제가 좋을지……. 아직 가구도 다 들여놓지 않아서……."

"오늘 저녁은 어때?"

"오늘 저녁? 안 돼, 그건 안 되겠는데. 집이 엉망진창인 데다…… 다른 사람들한테는 집들이를 한다고 알리지도 못했고 또……."

"나만 초대하는 걸로 해줘. 난 말이야, 집이 엉망이건 말건 그런 건 신경 안 쓰니까. 나도 집을 엉망으로 해놓고 살거든!"

"음…… 그래, 좋아. 하지만 너무 일찍 오면 안 돼, 알았지!?"

"알았어. 잘됐네, 집에 들러서 옷 갈아입고 가면 되겠다……. 아홉 시면 괜찮겠어?"

"저녁 아홉 시, 좋아."

"그럼, 이따 봐……."

이것이 바로 '내가 통제할 수 없는 상황'이다.

나는 일찌감치 퇴근했다. 회사에 들어온 후 처음으로 사무실을 치워놓지도 않은 채.

수위 아주머니가 나를 애타게 기다리고 있었다. 암면, 가구를 배달해놨다우. 어유, 침대 겸용 소파인지 뭔지 그 커다란 물건을 육층까지 올려놓으려니 원. 나도 거

드느라 혼이 났지 뭐유!

고맙습니다, 아주머니. 고맙습니다(명절 때는 잊지
않고 봉투를 두툼하게 챙겨드릴게요……).

전쟁터 같은 집 안…… 나름대로 매력적일까…….

타라마(생선알을 올리브유, 식빵과 함께 으깬 지중해식
전채-옮긴이)를 냉장고에 넣어 차게 식히고 닭찜을 따
끈하게 데우고(물론 불은 은근하게 줄여놔야지) 와인
을 따놓고 식탁을 차리고 근처 구멍가게에 달려가서 종
이냅킨이랑 탄산수를 사오고 커피메이커의 전원을 연
결해놓고 샤워를 하고 향수를 뿌리고(그 이름도 유명
한 '오 소바주'로) 귀청소도 하고 가장 덜 구겨진 셔츠
를 걸쳐 입고 할로겐 등을 은은하게 켜놓고 전화선을
뽑아놓고 음악을 틀고(해적판 리키 리 존스 히트곡 모
음집. 어떤 경우에도 통하게 되어 있다. 하지만 너무 크
게 틀지 말 것) 모포를 잘 개어놓고 양초를 켜고(이런이
런……) 그리고 또 숨을 들이쉬고…… 내쉬고…… 이제
더는 거울을 보지 말 것.

참, 콘돔은? (침대 머리맡 탁자에? 너무 가깝잖아? 아

님 욕실 수납장에? 그건 너무 먼데……)

딩동딩동.

내가 지금 제대로 하고 있는 건가?

사라 브리오가 내 집에 들어섰다. 햇살처럼 눈부신
모습으로.

둘이 실컷 이야기하고 웃고 닭찜을 푸짐하게 먹은 다
음 와인까지 몇 잔 하고 나자 꿈결 같은 침묵이 찾아들
었다. 분명코 사라 브리오는 내 품에서 밤을 보내게 되
리라.

나는 늘 결단을 내리기 전에 망설이는 버릇이 있다.
이제는 정말이지 와인잔을 내려놓고 행동을 개시할 때
였다.

한마디로 로저 래빗의 아내가 옆에 앉아 있는데 당신
은 주택부금 문제로 고민하는 상황.

그녀가 뭐라고 하더니 내 얼굴을 흘끔거렸다.

그때 뜬금없이…… 정말이지 뜬금없이…… 우리 두 사람이 앉아 있는 침대 겸용 소파를 어떻게 해야 할까 하는 걱정이 머리를 때렸다.

이윽고 나는 진지하게 그리고 침착하게 궁리하기 시작했다. 이 클릭클락을 어떻게 펴지?

물론 그녀와 함께 밤을 보내는 가장 멋진 방법은 생각해둔 지 오래였다. 어느 순간 그녀에게 격정적으로 키스를 퍼부으면서 은근슬쩍 그녀를 안아 눕힌다. 그리고…….

옳거니, 그런데 그다음은? 클릭클락은 어쩌고?

눈에 선했다. 그녀가 촉촉한 혀로 내 목덜미를 핥으며 내 벨트의 버클을 더듬고 있는 동안 나는 클릭클락의 조립 나사 때문에 쩔쩔매고 있는 모습이…….

하긴…… 지금은 그런 생각 따위를 할 때가 아닌지도 몰라…… 사라 좀 봐, 하품을 억지로 참고 있는 것 같은데…….

돈주앙 같은 생각이나 하고. 한심한 자식.

누이들이 생각났다. 그 심술쟁이들을 떠올리다 보니 나도 모르게 슬며시 웃음이 나왔다.

지금 내 모습을 보면 얼마나 좋아라 할까. 미스 유니버스 같은 여자와 다리를 맞대고 앉아 있으면서 조립식 소파 겸용 침대를 어떻게 펼칠지 그런 거나 쪼다같이 걱정하고.

바로 그 순간 사라 브리오가 나를 돌아보며 말했다.
"당신은 웃을 때가 멋있어."
이어지는 그녀의 키스.

이윽고 나는 54킬로그램짜리 여자와 그 부드러움과 그 따스한 손길을 한 몸에 느끼며 눈을 꼭 감고 머리를 뒤로 젖혔다. 그리고 속으로 외쳤다. '고마워, 아가씨들!'

나만의 비밀

임신*

아기를 가지고 싶어 하는 여자들은 바보다. 정말 바
보다.

그런 여자들은 자기가 임신했다는 것을 알아차리기
만 하면 사방팔방에 그 사실을 떠벌리고 다닌다. 사랑
타령을 하면서.

그리고 그 후로도 계속 입을 다물지 못한다.

정말 바보들이다.

그녀도 그런 여자들 중 하나다. 임신한 것 같은 기분
이 들자마자 지레 그럴 거라 짐작해버린다. 진찰도 받

* 원제 I.I.G(Interruption Involontaire de Grossesse)는 문자 그대로 풀이하
면 비자발적인 임신 중단으로 자연 유산을 의미하며, 자발적인 임신 중단
I.V.G(Interruption Volontaire de Grossesse)인 임신 중절의 반대 의미이다. 여
기서는 편의상 임신으로 했다. - 옮긴이

지 않았지만 거의 확신한다.

그래도 며칠 동안 기다려본다. 좀더 확실해질 때까지.

그녀는 임신 진단 시약이 59프랑이라는 것을 알고 있다. 첫아이 때 경험으로.

그녀는 이틀만 더 기다렸다 임신 진단 시약을 사야지, 하고 생각한다.

물론 그녀는 기다리지 못한다. 만약에, 만약에, 진짜로 임신했다면 그깟 59프랑이 문제야? 게다가 2분 내로 결과를 알 수 있는데?

배 속이 부글거리고 방귀가 잦고 속이 더부룩한 것이 아무래도 때가 된 것 같으니 과감히 59프랑을 투자하는 수밖에.

그녀는 약국으로 달려간다. 단골 약국을 피해 그녀를 알아볼 약사가 없는 약국으로. 그녀는 아무 일 아니라는 듯 임신 진단 시약을 달라고 말하지만 그녀의 심장은 벌써 두방망이질 치고 있다.

집으로 돌아온 그녀는 곧장 검사를 시작하지 않는다. 가슴 뛰는 순간을 되도록 오래 누리기 위해서. 시약은 그녀의 핸드백 속에 들어 있고 핸드백은 현관 붙박이장 위에 놓여 있다. 그녀는 약간 들떠 있지만 아직은 제정신이다. 빨래를 개어놓고 아이를 데리러 놀이방에 간다. 거기서 다른 엄마들과 수다를 떤다. 그녀는 명랑하다.

아이를 데려온 그녀는 간식을 준비한다. 토스트에 잼을 바르는 데 몰두한다. 이윽고 그녀는 잼 묻은 숟가락을 핥으며 아이를 끌어안고 뽀뽀를 해준다. 닥치는 대로 아무데나. 목에도 볼에도 머리에도.

아이는 그만 좀 하라고, 귀찮다고 칭얼댄다.

그녀는 아이를 레고박스 앞에 앉혀놓고 잠시 주변을 서성인다.

이윽고 현관 앞으로 다가간 그녀. 붙박이장 위에 놓아둔 백에 신경 쓰지 않으려 하지만 도저히 그럴 수가 없다. 결국 인내심이 바닥 난 그녀는 임신 테스트를 한다.

시약이 들어 있는 종이 상자가 잘 뜯어지지 않는다. 짜증이 난 그녀는 이로 상자를 물어뜯는다. 사용법은 나중에 읽기로 한다. 우선 용기에 소변을 받아서 볼펜 뚜껑 덮듯이 뚜껑을 덮고 손으로 감싸쥔다. 따뜻하다.

이윽고 그녀는 그것을 적당한 곳에 내려놓는다.

그리고 사용법을 읽는다. "4분간 기다린 후 반응을 보십시오. 붉은 선이 두 줄 나타나면 사용자의 소변에 H.C.G.(생식선에 작용하는 난포막 호르몬)가 많다는 것, 즉 임신했다는 것을 의미합니다."

4분이 왜 그리 긴지……. 기다리는 동안 그녀는 차를 한잔 마시기로 한다.

그리고 달걀 반숙용 타이머의 단추를 누른다. 4분…… 4분에 맞춰놓고서.

그녀는 시약에 어떤 반응이 나왔는지 애써 보지 않으려 한다. 그리고 차를 마시다 입술을 덴다.

이윽고 그녀는 부엌 벽의 갈라진 틈새를 바라보며 저녁은 뭐로 준비할까 생각한다.

물론 그녀는 4분을 꼬박 다 기다리지는 않는다. 그럴 필요가 없으니까. 벌써 결과가 나와 있다. 임신이다.

이미 알고 있었던 사실.

그녀는 시약을 쓰레기통에 넣고 다른 쓰레기로 덮는다. 임신했다는 사실은 당분간 그녀만의 비밀이므로.

그러는 게 나을 거야.

그녀는 숨을 크게 들이쉬었다가 내쉰다. 이미 알고 있었던 사실.

테스트는 그것을 확인하기 위한 절차에 불과했다. 자, 이제 확인은 끝났다. 다른 것을 생각해도 된다.

하지만 그녀는 결코 다른 것을 생각하지 않을 것이다.

임산부를 보라. 그녀가 길을 건너거나 일을 하거나 당신에게 말을 하고 있다고? 천만에. 그녀는 오로지 제 아기만 생각하고 있을 뿐이다.

내놓고 말하지 않아서 그렇지 무려 아홉 달 동안 그녀는 아기만 생각한다.

물론 당신의 말에 귀를 기울이기도 하지만 제대로 알아듣는 법은 없다. 그럴 수밖에. 아무 관심이 없으니까.

그녀는 매순간 자라나는 아기를 머릿속에 그려본다. 5밀리미터(밀알만 하겠지). 1센티미터(콩알만 할 거야). 5센티미터(책상 위에 놔둔 지우개만 할까?). 20센티미터, 즉 4개월 반(내 손을 쫙 편 것만 하겠네).

아직 겉으로 드러나 보이는 건 없다. 아무도 그녀의 배 속에서 무슨 일이 일어나고 있는지 모른다. 하지만 그녀는 곧잘 제 배를 어루만진다.

아니, 그녀가 어루만지고 있는 건 배가 아니라 그 속에 들어 있는 아기다. 첫아이의 머리를 쓰다듬듯 그녀는 배 속의 아기를 어루만진다.

그녀는 남편에게 임신 사실을 알리기로 한다. 그리고

가장 재미있게 알릴 수 있는 방법을 찾아서 이리저리 궁리해본다.

어떤 배경에서 어떤 목소리로? 오보에 연주처럼? 아니면 백파이프 연주처럼? 아이, 관두자.

그리고 어느 날 밤, 불을 <u>끄</u>고 한 이불 속에 들어간 상태에서 그녀는 남편에게 말한다. "나 임신했어." 그러자 남편은 그녀의 귀에 키스하며 말을 받는다. "그거 잘됐군."

그녀는 아이에게도 사실을 알린다. "엄마 배 속에 아기가 들어 있어. 몇 달 뒤엔 피에르의 엄마처럼 아기를 낳을 거야. 그러면 너도 피에르처럼 유모차를 밀 수 있게 된단다."

그러자 아이는 그녀의 스웨터를 들쳐보며 묻는다. "아기가 어딨어? 없잖아?"

그녀는 『아기를 기다려요』란 책을 찾기 위해 서재를 뒤진다. 책은 낡을 대로 낡았다. 그녀의 시누이도 그녀의 친구도 모두 그 책을 빌려봤으므로.

그녀는 보고 싶은 사진을 찾아 책의 중간을 펼쳐든다.

'태아의 모습'이라는 제목이 붙은 단원으로 '정자들로 둘러싸인 난자'에서부터 '육 개월 된 태아가 손가락을 빠는 모습'까지 실려 있다.

그녀는 투명해서 핏줄이 훤히 들여다보이는 작은 손들을 유심히 들여다본다. 몇몇 사진들 속의 태아들은 눈썹도 달고 있다. 세상에나, 눈썹도!

이윽고 그녀는 '출산은 언제 하나?' 편으로 넘어간다. 출산 예정일을 계산해놓은 도표를 보기 위해서다(검정색 숫자: 생리일 첫날. 총천연색 숫자들: 출산 예정일).

계산을 해보니 11월 29일이 출산 예정일이다. 무슨 날이지? 그녀는 눈을 들어 전자레인지 옆에 걸려 있는 달력(우체국에서 준 것이다)을 본다. 11월 29일…… 성 사투르누스의 날.

사투르누스라, 사투르누스. 맙소사! 이런 낭패가! (점성술에서 사투르누스, 즉 토성은 슬픔의 근원이다-옮긴이)

그녀는 책을 아무렇게나 팽개쳐놓는다. 다시 볼 일이 없으므로. 왜냐? 나머지는 뻔하기 때문이다. 뭘 먹어야 하나? 임신으로 인한 기미나 튼 살은 어떻게 해결할 것인가? 부부관계는? 당신의 아기는 정상일까? 출산 준비는 어떻게 해야 하나? 진통이 올 때는? 등등. 그녀는 그런 것들은 별로 신경 쓰지 않는다. 관심이 없어서다. 아니, 자신이 있기 때문이다.

오후가 되면 졸음이 쏟아진다. 식사 때마다 그녀는 큼지막한 오이 피클을 통째로 하나씩 먹는다.

만 석 달이 되면 산부인과로 가서 의사와 면담을 해야 한다. 피 검사를 하고 출산 카드를 작성하고 고용주에게 보낼 임신 증명서를 발급받기 위해서.

그녀는 첫아이를 출산했던 병원을 다시 찾는다.

의사는 이것저것 시시콜콜 캐묻는다. 부군께서는 뭘 하십니까? 사모님도 직장에 다니시나요? 하시는 일은 잘 되는지요? 아이들은 학교에 잘 다니고 있습니까? 학교에 대해선 어떻게 생각하십니까?

진찰대 옆에는 초음파 검사기가 놓여 있다. 그녀는 진찰대에 오르며 검사기를 바라본다. 화면이 꺼져 있는데도.

이윽고 의사는 그녀에게 아기의 심장소리부터 들려준다.

힘차고 규칙적인 소리가 진찰실 가득 울려 퍼진다.

쿵-쾅-쿵-쾅-쿵-쾅

바보 같긴. 그녀의 눈엔 벌써부터 눈물이 그렁그렁하다.

곧이어 의사는 그녀에게 아기를 보여준다.

팔다리를 꼼지락거리는 조그만 생명체. 10센티미터에 45그램. 척추가 보인다. 뼈가 몇 개인지 셀 수 있을 정도다.

그녀는 입을 딱 벌린 채 아무 말도 하지 못한다.

의사가 농담을 건넨다. "허허, 그러실 줄 알았습니다. 제아무리 수다쟁이 아주머니라도 이것만 보면 할 말을 잃어버리죠!"

그녀가 진찰대에서 내려와 옷을 입는 동안 의사는 출력된 태아 사진을 보며 진찰 기록표를 작성한다. 이윽고 그녀는 병원에서 나와 차에 오르자마자, 그러니까 시동도 걸기 전에, 그 사진들부터 넋을 놓고 바라본다. 숨소리조차 내지 않고서.

다시 몇 주가 흐르고 그녀의 배가 불러오기 시작한다. 동시에 허리도 굵어져간다. 이제 그녀의 브래지어 사이즈는 95C. 병소엔 상상도 할 수 없는 일이다.

그녀는 완전히 달라진 몸매에 맞는 옷을 사기 위해 임부복 매장으로 간다. 그리고 거기서 바보짓을 저지른다. 8월 말에 있을 사촌 여동생의 결혼식에 입기 위해 아주 예쁘고 엄청 비싼 원피스를 고른 것이다. 무지갯 빛 자잘한 자개단추가 달린 아마 원피스. 물론 그녀는 한참을 망설인다. 아이를 또 가질지 어떨지 알 수 없으므로. 한 번 입기에는 너무 비싼 옷이므로…….

탈의실에서 옷을 입어보며 그녀는 생각에 잠긴다. 통장의 잔고를 계산해보는 것. 그녀가 옷을 벗어들고 탈의실에서 나오자 점원 아가씨가 잽싸게 다가와 말을 건넨다. "마음에 드시면 하나 장만하세요! 그렇게 망설이시지 말고! 물론 늘 입을 옷은 아니죠. 그래도 얼마나 예뻐요. 게다가 임신했을 땐 하고 싶은 대로 해야 된대요. 스트레스를 받으면 안 되니까요!" 정말이지 영리한 아가씨다.

곧 그녀는 우스꽝스러울 정도로 커다란 쇼핑백을 들고 매장을 나가는 자신의 모습을 상상해본다. 갑자기 너무나 소변이 마렵다. 임신했으므로.

그 결혼식은 그녀에게 정말로 중요한 행사다. 왜냐? 그녀의 아들이 들러리를 서기 때문이다. 그녀는 원피스를 산다. 바보짓을 저질렀는데도 기분이 좋다.

또 하나의 고민거리. 그건 바로 태어날 아이의 성별이다.

물어볼까 말까?

이제 임신 오 개월째로 접어들고 있는데 머잖아 두 번째 초음파 검사를 할 때 태아의 성별을 알 수 있다.

직장에서도 그녀는 수많은 문제를, 그것도 순식간에 해결해야 한다. 그건 받아들일 수밖에 없다. 월급을 받는 이유가 바로 그거니까.

하지만 이 문제에 있어서는…… 재빨리 결론을 내릴 수가 없다.

첫아이 땐 호기심이 넘쳐서 물어보지 않을 수 없었다. 하지만 이번엔 별로 알고 싶지 않다. 딸이면 어떻고 아들이면 어때?

그래, 이번엔 물어보지 말자.

"정말 알고 싶지 않으신 겁니까?" 의사의 말에 그녀의 마음이 오락가락한다. 의사가 다짐하듯 동을 단다. "그러면 말씀드리지 않겠습니다. 사모님께서 뭔가 감을 잡으실 때까지 두고 보도록 하지요."

의사는 젤을 질척하게 바른 그녀의 배 위로 센서를 천천히 문지른다. 가끔 동작을 멈추고 뭔가 측정하고 설명하면서. 때론 씩 웃기만 하면서. 진찰을 끝낸 의사가 말한다. "다 됐습니다. 일어나세요."

그녀가 진찰대에서 내려오자 의사가 묻는다. "뭐 궁금하신 건 없습니까?"

그녀는 긴가민가 의심쩍은 게 있는데 물어봐도 되는지 모르겠다고 대답한다. 그러자 의사는 뭐냐고 물어온다. "저, 아들인 것 같은데…… 아닌가요?"

"허, 그건 저도 모르겠는데요." 의사는 재밌다는 듯 입을 씰룩거리며 대답한다. 그녀는 의사의 멱살을 잡아 흔들며 말해달라고 조르고 싶지만 차마 그러지 못한다. 놀라운 일이다.

여름. 임산부에게는 정말 끔찍한 계절이다. 밤엔 고통이 가중된다. 잠을 잘 수가 없으니까. 어떤 자세로 누워도 불편하긴 마찬가지다. 할 수 없지 뭐.

결혼식 날짜가 코앞으로 다가온다. 온 집안이 들떠서 흥청거린다. 그녀는 부케를 맡기로 한다. 배불뚝이 임산부에게 딱 알맞은 일이다. 방 한가운데 버티고 앉아 있으면 필요한 재료들은 죄다 남자들이 날라줄 테고, 그녀는 그것들을 가지고 요리조리 예쁘게 만들기만 하면 된다.

그사이 그녀는 하얀 슬링백 샌들을 사기 위해 신발

매장에 다녀온다. 신부가 결혼식에 참석할 여자 손님들에게 모두 그렇게 해달라고 부탁했으므로. 정말 멋진 생각이다. 8월 말에 어디서 그런 신발을 찾아낸담? 매장마다 가을 신상품들이 쏟아져 나오고 있는 마당에. 그래도 그녀는 너무 화려하지 않은 것으로 한 치수 큰 샌들을 찾아낸다.

그녀는 아동복 매장의 거울 앞에서 한껏 뽐내고 있는 아들아이를 바라본다. 반바지의 혁대 고리에 고정되어 있는 나무칼 장식과 새 신발이 꽤나 마음에 드는 모양이다. 정말이지 녀석에겐 우주소년 장화가 제격이다. 틀림없다. 흉물스런 내 샌들과 기막힌 조화를 이루겠지.

갑자기 그녀는 배에 강한 충격을 느낀다. 배 속에서 누가 주먹을 날린 것 같다.

전에도 진동 같은 것을, 배 안에서 뭔가 움직이는 것을 느끼긴 했다. 하지만 이것이야말로 확실하고도 분명한 태동이다.

"사모님? 사모님? 더 필요한 건 없으십니까?"

"네, 네, 됐어요. 빨리 가봐야 해서요."

"그렇습니까? 그럼 우리 꼬마 도련님한테 선물이나 하나 드려야겠네? 뭘 드릴까? 얘, 풍선 하나 줄까?"

일요일마다 그녀의 남편은 조그만 공사판을 벌인다. 그들 부부가 옷방으로 쓰던 곳을 아이 방으로 개조하고 있는 것. 그는 종종 동생에게 일손을 빌린다. 그녀는 그들 형제에게 맥주를 사다주기도 하고 작업을 방해하는 아이를 야단치기도 한다.

잠자리에 들기 전이면 남편은 버릇처럼 인테리어 잡지를 뒤적인다. 뭐, 그리 서두를 일은 아니다.

그들은 아이의 이름을 어떻게 지을까 하는 문제에 대해서는 아무 말도 주고받지 않는다. 의견이 엇갈릴 게 뻔한 데다 어차피 그녀의 뜻대로 될 테니까. 그러니 괜히 입씨름을 벌여봤자 무슨 소용이 있겠는가?

8월 20일 목요일. 임신 육 개월째로 접어들었기 때문에 그녀는 병원에 진찰을 받으러 가야 한다. 아, 귀찮아라!

결혼식 준비 때문에 짬을 내기가 더 힘들다. 엎친 데 덮친 격으로 예비부부가 꽃을 무더기로 사와서 그녀에게 안겼다. 아기욕조 두 개와 어린이용 비닐 풀장 두 개를 동원했을 정도였다.

오후 두 시 무렵. 그녀는 전지용 가위를 내려놓고 앞치마를 벗는다. 그리고 남편에게 아이가 제 방에서 자고 있다고 일러주며 아이가 깨면 간식을 챙겨줄 수 있느냐고 물어본다. 아니, 아니, 어림없지. 돌아오는 길에 그녀는 빵과 강력접착제와 실을 잊지 말고 사와야 한다.

이윽고 그녀는 샤워를 끝내고 남산만 한 배를 운전석과 핸들 사이에 밀어 넣는다.

그리고 라디오의 켜짐 단추를 누르며 속으로 중얼거린다. 이참에 한숨 돌리는 것도 괜찮지. 여자들끼리 한자리에 둘러앉아 일을 하다 보면 얼마나 속이 시끄러운지. 별별 이야기가 다 오간다니까.

대기실 의자에는 벌써 임산부 두 사람이 앉아 있다. 그럴 때 심심풀이로 하는 놀이가 있는데, 바로 배를 보고 임신 몇 개월인지 알아맞히는 것이다.

그녀는 케케묵은 《파리마치》지를 읽는다. 조니 할리데이와 그의 아내 아들린 사이에 얽힌 사연? 세상에, 그게 언제 얘긴데.

얼마나 시간이 흘렀을까, 마침내 그녀는 진찰실로 들어선다. 악수. 선생님, 안녕하세요? 네, 사모님도 안녕하시죠? 그녀는 핸드백을 내려놓고 의자에 앉는다. 의사는 그녀의 이름을 컴퓨터에 입력한다. 잠시 후 의사는 그녀의 월경이 멈춘 지 몇 주가 되었는지, 그리고 그동안 무슨 일이 있었는지 알아차린다.

이윽고 그녀는 검진을 받기 위해 옷을 벗는다. 간호사가 그녀의 몸무게와 혈압을 재는 동안 의사는 진찰대 위에 새 종이를 깔아놓는다. 잠시 후 의사는 태아의 심장박동을 듣기 위해 초음파 검사를 한다. 그리고 검사가 끝나자 다시 컴퓨터 앞으로 돌아가 오늘의 검사 결과를 입력한다.

산부인과 의사들은 임산부들을 대하는 나름대로의 노하우를 가지고 있다. 임산부가 다리를 활짝 벌린 채 진찰대에 누워 있는 동안 생뚱맞은 질문들을 계속 쏟아대면서 그녀로 하여금 자신의 민망한 자세를 잊어버리게 하는 것이다.

가끔 그 방법이 먹혀들 때도 있지만 그렇지 못할 때가 더 많다.

의사가 그녀에게 아기의 움직임이 느껴지느냐고 물어온다. 그녀는 얼떨결에 그렇다고 대답했다가 얼른 아니, 지금은 별로 느낄 수가 없다고 말을 바꾼다. 하지만 말을 채 끝맺지도 못한다. 의사가 듣고 있지 않다는 것을 눈치챘으므로. 분명히 의사는 뭔가 알고 있다. 상황을 바꿔보려고 검사기의 단추란 단추는 죄다 눌러보지만 의사는 이미 알고 있다. 그래봤자 아무 소용 없다는 것을.

의사는 다시 한 번 검사기를 작동해본다. 손놀림이 허둥대는 것으로 봐서, 양미간에 주름이 잡히는 것으로 봐서 뭔가 심상치 않다. 그녀는 양팔에 의지해 윗몸을 일으키고 무슨 일인지 묻는다. 이미 그 답을 알고 있으면서도.

의사는 그녀의 질문을 듣지 못한 척 옷을 입으라고만 한다. 그녀가 재우쳐 묻는다. "무슨 일이 있지요?" 그때서야 의사가 대답한다. "문제가 생겼습니다. 태아의 심장박동이 멈췄어요."

그녀는 옷을 입는다.

다시 의자로 돌아와 앉은 그녀. 말없이 무표정하다. 의사는 연신 키보드를 두드려대며 여기저기 전화를 건다. 그리고 수화기 너머 상대편에게 이렇게 말한다. "재미없는 일이 생겼어."

도대체 그녀는 '재미없는 일'이라는 말에 대해 어떻

게 생각해야 할까?

아마도 의사는 '재미없는 일'이라는 말을 통해서 그
녀의 팔뚝을 벌집으로 만들어버릴 채혈과 또 한 번의
초음파 검사 등 그가 미처 알아내지 못한 것들을 알아
내기 위한 의학적 처치를 암시하려 한 것이리라. 어쩌면
그건 일요일 밤 졸린 눈을 한 당직의사와 함께 그녀의
배에서 사산아를 꺼내야 하는 일을 뜻하는지도 모른다.

암, 그건 임산부로서도 '재미없는 일'임이 틀림없다.
마취가 되지 않은 상태에서 격심한 통증과 함께 죽은
아이가 몸 밖으로 빠져나가는 것을 고스란히 다 느껴야
하니까. 너무나 고통스러워서 힘주라는 말에 구토를 해
야 하니까. 그녀의 남편으로 말할 것 같으면 아내의 손
만 무기력하고 서투르게 어루만지다 결국 수술실 밖으
로 나가버린다. 죽을 맛이니까.

아니, 그보다 이 '재미없는 일'이란 죽은 아이를 배 속
에서 꺼낸 다음 날, 바로 옆에 있는 신생아실에서 나는
아기들의 울음소리를 듣는 것인지도 모른다.

그래도 그녀가 이해할 수 없는 게 한 가지 남아 있다.
왜 하필이면 의사가 이 모든 것을 아울러 '재미없는 일'

이라고 했을까 하는 것이다.

잠시 진찰 카드에 뭔가를 써 넣고 있던 의사가 갑자기 무슨 기발한 생각이라도 났다는 듯 죽은 태아를 파리에 있는 어쩌고저쩌고 의료센터에 보내서 해부 분석하게 할 계획이라고 말한다. 하지만 그녀의 귀에 의사의 말은 들리지도 않는다.

의사가 그녀에게 침착하다고 칭찬하지만 그녀는 대꾸를 하지 않는다.

그녀는 병원 뒷문으로 빠져나온다. 대기실을 지나가기 싫었으므로.

그녀는 차에 올라타 한참을 운다. 하지만 결혼식에 지장을 줄 생각은 추호도 없다. 다른 이들은 그녀의 불행을 결혼식이 지나서야 알게 되리라.

결혼식 당일인 토요일 그녀는 무지갯빛 자잘한 자개 단추가 달린 이마 원피스를 입는다.

그리고 아들에게도 새 옷을 입힌 다음 사진을 찍어준다. 만화주인공이나 입음 직한 옷을 아이가 오래 입지 못하리라는 것을 잘 알고 있으므로.

교회당에 가기 전 그녀는 병원에 들른다. 바라던 아이든 그렇지 못한 아이든 할 것 없이 모두 몸 밖으로 배설시켜준다는 무시무시한 알약을 의료진의 철저한 감시하에 삼켜야 하기 때문이다.

그녀는 축하의 의미로 신랑신부에게 쌀을 뿌린 다음 샴페인잔을 손에 들고 자갈이 깔린 산책로를 걷는다.

그리고 우주소년 같은 아들이 콜라를 병째 들이켜는 것을 보고 눈살을 찌푸리면서 또 한편으로는 부케가 잘못되었을까봐 불안해한다.

이윽고 몰라볼 만큼 눈부시도록 아름답게 꾸민 신부가 등장한다.

신부는 너무도 자연스럽게 두 손을 뻗어 그녀의 배 위에 얹고 말한다. "이렇게 해도 되죠? 이렇게 하면 신혼부부가 오래도록 행복하게 살 수 있대요."

그녀가 달리 뭘 어쩌겠는가? 그저 신부를 향해 미소 지으려 애쓸 뿐.

그 남자 그 여자

그 남자와 그 여자는 외제차를 타고 있다. 무려 32만 프랑짜리인데, 남자가 잠시나마 구입을 망설였던 건 그 어마어마한 가격 때문이 아니라 그로 인해 물어야 하는 세금 때문이었다.

오른쪽 기화기 노즐이 제대로 작동되지 않는다. 그래서 남자는 무지 짜증이 난다.

월요일에 그는 비서를 시켜서 살로몬에게 연락할 참이다. 그는 잠시 비서 아가씨의 가슴이 너무 작은 거 아닌가 하는 생각에 빠진다. 물론 그가 여비서들과 잠자리를 같이한 적은 없다. 그건 천박할 뿐더러 자칫하면 큰돈을 날릴 수도 있는 일이므로. 어쨌거나 그는 어느 날인가부터 절대로 아내를 속이지 않는다. 아마 그날은 친구 앙투안 세이와 골프를 치면서 재미 삼아 각자 별

거수당을 계산해본 날일 것이다.

그 남자와 그 여자는 자신들의 전원주택을 향해 달린다. 앙제 인근에 있는 고풍스런 농가로 엄청나게 크다.

그들은 그 집을 완전히 헐값에 샀다. 하지만 내부공사에 들인 비용은⋯⋯.

방마다 새로 내장공사를 했고 영국 골동품상에서 보고 한눈에 반해버린 돌들을 사다가 벽난로를 쌓아올렸으며 창문마다 멋진 커튼 봉을 달고 두꺼운 커튼을 드리웠다. 부엌은 또 어떻고. 정말 현대적인 냄새가 물씬 풍기도록 새로 꾸몄다. 행주도 일일이 색깔 맞춰 장만하고 조리대에는 잿빛 대리석을 깔았다. 그리고 방마다 욕실을 따로 만들었다. 가구는 많이 마련하지 않았지만 하나같이 옛 정취가 물씬 풍기는 골동품(물론 진품)으로만 사들였다. 벽에는 번쩍번쩍 빛나는 금테두리로 장식된 데다 황당할 정도로 큰 액자들을 걸었다. 그중에서도 19세기에 그려진 사냥화가 압권이다.

이 모두가 벼락부자 냄새를 풍기지만 다행히도 그들 자신은 그런 것을 알지 못한다.

그 남자는 상류층의 주말 복장을 하고 있다. 즉 약간 낡은 듯한 트위드 바지에 푸른색 캐시미어 터틀넥 스웨터를 받쳐 입고 있다는 얘기다. 스웨터는 그의 오십 세 생일 선물로 부인이 사준 것이다. 발에는 존롭 사의 신발을 신고 있는데 그는 무슨 일이 있어도 계속 그 브랜드만 고집할 것이다. 물론 그는 스코틀랜드산 양모 양말을, 그것도 무릎까지 올라오는 긴 것으로 신고 있다. 그럴 수밖에.

그는 꽤 속력을 낸다. 생각에 잠긴 채. 도착하는 대로 그는 관리인들과 함께 등기 이전이니 집 손질이니 너도밤나무 가지치기니 밀렵 등등에 대해 이야기해야 하는데…… 그건 그가 질색하는 일들 중 하나다.

주인 부부가 금요일 저녁에 나타날 것을 미리 알고서 속으로는 그들 부부를 비웃으면서도 어쨌든 뭔가 열심히 하고 있는 듯이 보이려고 금요일 아침부터 궁둥이를 들썩이기 시작했을 인간들.

그는 당장이라도 그들을 문밖으로 내치고 싶지만 지금은 그럴 때가 아니다.

그는 피곤하다. 회사 동료들은 그를 소 닭 보듯 하고

아내와는 잠자리 한번 하기도 힘들며 차 앞유리창엔 모기가 잔뜩 들러붙어 있는 데다 오른쪽 기화기 노즐까지 말썽을 부리고 있으므로.

그 여자의 이름은 마틸드. 아름답지만 얼굴엔 인생을 포기한 듯한 표정이 역력하다.

남편이 자신을 속일 때마다 그것을 알고 있었던 그녀. 이제는 남편이 돈 때문에 자신을 속이지 않는다는 것까지 알게 된 그녀.

그 여자는 죽음의 자리(프랑스에서는 조수석을 죽음의 자리라고 한다–옮긴이)에 앉아 있다. 주말마다 집에서 전원주택으로, 다시 전원주택에서 집으로 향할 때면 언제나 우울하기 그지없다.

그녀는 자신이 한 번도 사랑받아본 적이 없다는 생각을 하던 중에 새삼 아이가 없다는 사실을 떠올린다. 그리고 관리인의 아들 케빈을 생각한다. 그 아인 1월이면 세 살이 되는데……. 케빈이라니, 이름도 참. 그녀는 만약 아들을 낳았다면 남편과 똑같은 이름, 즉 피에르라는 이름을 붙였을 것이다. 그녀는 입양이라는 말을 입에 올리자마자 남편이 난리법석을 떨었던 일을 기억해

낸다. 그리고 그와 동시에 언젠가 체루티(이탈리아의 명품 의류 브랜드-옮긴이) 부티크를 지나며 얼핏 보았던 녹색 투피스를 떠올린다.

그 남자와 그 여자는 라디오를 듣는다. 라디오는 정말 괜찮은 물건이다. 듣는 것만으로도 고맙게 생각해야 할 클래식 음악에서부터 온 세상에 활짝 열린 마음을 갖게 해주는 월드뮤직을 거쳐 지금 이 시각 세계 곳곳에서 벌어지고 있는 사건사고를 차 안에 전해주는 뉴스에 이르기까지 모두 다 흘려보내주니까.

그들은 이제 막 톨게이트를 지나왔다. 그런데 아직 말 한마디 주고받지 않았다. 갈 길이 멀고먼데도.

오펠 터치

보시다시피 나는 외젠고농 거리를 걷고 있어요.

결말이 뻔한 얘기죠.

네? 지금 농담하세요? 외젠고농 거리를 모른다고요? 가만, 나를 속일 생각은 아니겠죠?

돌로 지은 주택들, 그것도 정원의 잔디 위에 야외용 철제의자들이 드문드문 놓여 있는 주택들이 쭉 늘어서 있는 거리랍니다. 이곳 플랭에선 썩 유명한 거리죠.

그럼요, 플랭은 잘 아실 거예요. 감옥이 있고 브리 치즈(소젖으로 만든 원반 모양의 치즈-옮긴이)라는 특산물이 있고 기차 사고 잘 나기로 유명한 곳이니까.

플랭.

교외선 끄트머리에 있는 변두리 도시.

나는 하루에도 몇 번씩 외젠고농 거리를 오간답니다.

전부 합해서 네 번이죠.

강의 들으러 대학에 갔다가 집에 돌아와서 점심을 먹고 다시 학교로 갔다가 집에 돌아오거든요.

저녁에는 정말이지 녹초가 되고 만답니다.

별일 아닌 것 같지만 알고 보면 그렇지도 않아요. 무려 십 년 동안 시험에 붙어보겠다고, 남들이 그다지 신통하게 여기지도 않는 직업을 갖겠다고 하루에 네 번씩 외젠고농 거리를 오락가락하며 법과대학을 드나들어야 하다니……. 장장 십 년씩이나 민법이며 형법이며 법조문들, 달로즈 사(데지레 달로즈Désiré Dalloz(1796~1869)는 프랑스의 변호사이자 정치가로 1824년 법학서 전문 출판사 달로즈를 설립했다-옮긴이)에서 나온 판례집에 시달려야 하다니……. 한번 생각해보세요. 이미 한물간 직업을 얻겠다고 이렇게 아등바등하는 게 얼마나 피곤한 일일지.

솔직해지세요. 이 짓을 계속하다 보면 녹초가 된다는 걸 인정하라고요.

자, 보시다시피 나는 세 번째 일과를 치러내고 있어요. 즉 점심을 먹고 다시 법과대학을 향해 힘찬 발걸음을 내딛고 있다는 얘기죠. 야호! 나는 담배에 불을 붙이고 있어요. 자, 이게 마지막이야, 라고 말하면서.

그리고 혼자 시시덕거리죠. 아마 천 번째 마지막이겠지?라고…….

나는 계속 돌담집들을 따라 걸어요. '빌라 마리테레즈', '라펠리시테', '두니' 등등 멋진 이름이 붙여진 돌담집들. 봄이라서 그런지 기분이 울적해지기 시작하고 있어요. 거짓눈물이나 약물이나 과식 따위론 절대 해결할 수 없는 문제죠.

우울증은 외젠고농 거리 4회 왕복과 똑같은 효과를 발휘해요. 즉 나를 녹초로 만들죠. 이해해줄 사람이 있을지 모르겠지만.

봄과 우울증이 무슨 관계가 있느냐고요?

잠깐. 봄이란 포플러 나무의 새순 사이로 지저귀는 작은 새들, 밤만 되면 요란법석을 떠는 수고양이들, 서로 꽁무니를 쫓으며 센 강 위를 둥둥 떠다니고 있는 오리들, 그리고 연인들 아니겠어요? 연인들 같은 건 본 적 없다고 말할 생각 마세요. 곳곳에 널린 게 연인들이니까. 침이 질질 흐르는, 그리고 도대체 끝날 기미가 보이지 않는 키스, 청바지 아래 불쑥 솟아오른 그것, 서로를 더듬는 손길, 빈자리라곤 눈을 씻고 찾아봐도 없는 벤치들 등등. 그런 것들 때문에 미치겠어요.

미치겠다고요. 아시겠어요?

질투하는 거 아니냐고요? 그러고 싶은 거 아니냐고요?

내가 질투를 한다고요? 그러고 싶어 한다고요? 말도 안 되는 소리! 농담하지 마세요.

(……)

푸후우우, 말도 안 돼요. 제 욕망을 주체하지 못해 남의 눈이나 어지럽히는 유치한 것들을 부러워하다니. 말이 안 되고말고요.

(……)

그래요, 나 질투해요. 내가 질투하는 거 안 보여요? 안경이라도 빌려줄까요? 내가 샘나서 미칠 지경인 거, 내가 사랑사랑사랑에 굶주려 있는 거 안 보이냐고요?

안 보인다고요? 당신한테 필요한 게 뭔지 알 것 같군요…….

나는 브르테셰르(Claire Bretécher, 1940~. 프랑스 만화가이자 시나리오 작가─옮긴이)의 작품에 나오는 여자를 닮았어요. '사랑받고 싶어요'라고 씌어 있는 팻말을 목에 건 채 벤치에 앉아 두 눈으로 눈물을 펑펑 쏟아내고 있는 여자 말예요. 내가 꼭 그 여자인 것만 같아요. 그럼 좋다고요?

아니, 난 이제 외젠고농 거리에 있지 않아요(그래도 여전히 품위를 간직하고 있죠). 프라모드에 있답니다. 프라모드가 어떤 곳인지는 아시죠? 사방에 널린 게 프라모드잖아요. 값싸고 품질 떨어지는 ― 아니, '그런대로 입을 만한'이라고 해두죠. 잘못하면 모가지가 잘릴 수도 있으니까 ― 옷들이 그득한 대형매장이죠.

나는 거기서 일해요. 내 돈, 내 담배, 내 커피, 내 밤외출, 내 섹시한 속옷, 내 겔랑 향수, 내 화장품, 내 포켓북, 내 영화관람 등등은 다 거기서 나오죠. 그러니까 내 모든 게 거기서 나오는 셈이네요.

프라모드에서 일하는 게 지긋지긋하지만 그래도 어쩌겠어요? 그렇게라도 하지 않으면 백 미터 밖까지 싸구려 화장품 냄새를 풀풀 풍기고 비디오 대여점에서 닳을 대로 닳은 비디오나 빌리고 시립도서관의 구매 요청

란에 짐 해리슨의 최신음반 제목이나 적어 넣어야 하는데. 그러느니 차라리 죽는 게 낫죠. 차라리 프라모드에서 일하는 게 낫다고요.

그리고 잘 생각해보면 맥도널드에서 느끼한 기름 냄새를 맡으면서 일하는 것보단 프라모드에서 뚱보 여자들을 상대하는 게 백배 나아요.

문제는 같이 일하는 여자들이에요. 당신, 지금 이렇게 말하고 있죠? 암, 그렇지. 문제는 항상 직장 동료들이야. 그렇고말고.

그래요. 하지만 당신, 마릴린 마르샹디즈라고 아세요?(말장난이 아니에요. 프라모드 플랭 지점의 숍 매니저는 정말로 이름이 마릴린 마르샹디즈라니까요. 마르샹디즈, 즉 상품. 장사하는 여자의 이름치곤 기막히죠?)

물론 당신은 그 여자를 모르시겠죠. 뭐랄까, 그 여잔 정말이지 숍 매니저 중의 숍 매니저예요. 게다가 천박하긴 왜 그리 천박한지.

정말 어떻게 표현해야 할지 모르겠네요. 외모 차원에서 말하는 게 아니에요. 염색물이 빠져 시커멓게 드러난 머리뿌리라든지 허리춤에 꽂혀 있는 휴대폰 등등이 꼴사납긴 하지만……. 그래요, 정서적인 차원에서 천박하단 얘기예요.

그런 천박함은 정말이지 말로 표현할 수가 없죠.

그 여자가 다른 종업원들에게 어떻게 말하는지 한번 들어보실래요? 한마디로 한심해요. 안 그래도 튀어나온 윗입술을 불쑥 내밀고 우리를 "저영말로 저영말로 멍청한 것들"이라고 몰아세운답니다. 그런데 내가 누구예요. 나름대로 인텔리 아니냔 말예요. 자기보다 똑똑한 사람만 보면 그 여잔 미쳐버리더군요.

언젠가 그 여자는 이런 간판을 매장 밖에 내걸었어요.

'8월 1일부터 15일까지 문 닫습니다.'

이런, 좀 이상한데요, 매니저님!!!

문 닫는다는 건 폐업한다는 것처럼 들릴 수도 있잖아요?

세상에나! 그 여자가 나를 쳐다볼 때의 표정이라니!

그 여잔 곧장 다른 팻말을 만들어 걸더군요.

'8월 1일부터 15일까지 휴업'

나는 말 그대로 기분이 날아갈 것만 같았어요.

사실, 삐뚤어진(그러니까 삐죽 튀어나온) 입으로 바른 말을 한다는 건 참 힘든 일이겠죠?

매니저 때문에 기운을 많이 빼긴 해도 나는 장사를
꽤 잘하는 편이랍니다.

어떤 여자든 내게 맡겨만 보세요. 머리에서 발끝까지
쫙 빼 입혀드릴 테니까요. 물론 액세서리도 잊지 않아
요. 어쩌면 그렇게 어울리는 스타일을 잘 찾아내느냐고
요? 손님을 꼼꼼히 관찰하기 때문이지요. 뭘 입어보라
고 권하기 전에 일단 손님을 머리에서 발끝까지 잘 살
펴본답니다. 나는 사람들을 관찰하는 게 좋아요. 특히
여자들이요.

아무리 못생긴 여자라도 그 속엔 항상 뭔가가 들어
있게 마련이거든요. 하다못해 예뻐지려는 욕망이라도.

"마리안, 이건 말도 안 돼. 여름에 출시된 바디(수영복
처럼 생긴 여성복―옮긴이)가 아직도 창고에 남아 있어. 어
떻게든 처리를 해야 할 텐데(위에다 대고 사실대로 털
어놓을 순 없잖아)……."

자자. 어쨌든.

나는 사랑을 원해요.

토요일 밤에는 토요일 밤의 열기를.

밀턴은 플랭에 있는 웨스턴 바예요. 나는 지금 친구들과 그곳에 와 있답니다.

친구들이랑 함께 있으니 얼마나 좋은지 몰라요. 하나같이 예쁘고 잘 웃고 자기주장이 뚜렷한 애들이죠.

주차장에서 지티아이가 끼익 멈춰 서는 소리, 고양이 볼때기만 한 할리가 부릉부릉거리는 소리, 지포가 덜컹거리는 소리 등등이 들려오네요. 나는 바에서 무료로 제공하는 칵테일을 홀짝이고 있답니다. 머리가 어지러울 정도로 달콤하네요. 바텐더가 술을 아끼려고 석류시럽을 엄청 들이부은 게 틀림없어요. 어차피 여자들은 석류시럽이라면 사족을 못 쓰니까……. 내가 지금 여기서 뭘 하고 있는 거지? 갑자기 짜증이 나더군요. 눈도 따갑고. 담배연기가 자욱한 가운데 렌즈를 끼고 있으려니 그럴 수밖에요.

"안녕, 마리안. 잘 지냈어?"

고3때 친구가 말을 걸어오네요.

"안녕(친구와 양쪽 뺨에 뽀뽀)! 반갑다, 얘. 진짜 오랜만이다, 그치? 그동안 어디 가 있었니?"

"못 들었어? 나 미국에 있었어. 놀랐지? 한마디로 끝내줬어. L.A.의 호화주택들이 어떻게 생겼는지 아니? 전용 풀장에 기포가 보글보글 솟아오르는 욕조에 바다 쪽으로 난 테라스에. 또 사람들은 얼마나 쿨한지. 쪼잔한 구석이라곤 손톱만큼도 없더라니까. 아잉, 정말 끝내줬어, 얘."

미국이 너무나 그리워 못 견디겠다는 듯 머리까지 흔들어대는 친구. 아마 캘리포니아식 헤드뱅잉이겠죠?

"너 조지 클루니는 만났어?"
"잠깐만, 그건 왜 물어?"
"아무것도 아냐. 그냥 거기 있다 보면 그런 사람도 만나지 않았을까 싶어서."
"실없긴."
바로 자리를 뜨는 친구. 다른 애들한테도 한바탕 허풍을 떨고 싶은 거겠죠. 베이비시터를 하며 초라하게 살아갔던 시절을 로맨틱한 미국소설로 열심히 각색해서 말예요.

어, 저기 저 남자 좀 봐요……. 버펄로 빌이라는 이름이 딱 어울리겠는데요?

유난히 불쑥 튀어나온 목울대, 염소수염, 비쩍 마른 몸매, 한마디로 내가 좋아하는 요소들을 두루 갖췄네요. 아니나다를까, 내 가슴을 향해 다가오더니 그것들과 접촉을 시도하는 남자.

남자: 우리 어디선가 만난 것 같지 않아요?

내 가슴: …….

녀석: 맞아요! 이제야 생각나네. 할로윈데이에도 여기 있었죠?

내 가슴: …….

남자: (그래도 물러서지 않고) 이봐요, 프랑스 사람 맞아요? 두 유 언더스탠드 미?

내 가슴: …….

남자: (불쑥 고개를 쳐들고 내 쪽으로 얼굴을 들이밀며) 자, 한번 봐주세요. 전에 본 적이 있나. (실패를 인정하는 듯 염소수염을 쓱쓱 문지르며 생각에 빠지더니)

"프롬 웨어 아 유 프롬?"

우우와아아아 버펄로! 너 정말 '그랜드캐니언 말' 잘

한다!

"난 여기 플랭 시 플라스드라가르 4번지에서 태어났는데, 미리 경고해두겠어. 네 손이 내 브래지어 속으로 들어오는 순간 널 지옥으로 보내버릴 거야."

긁적긁적…….

나가야 하는데, 앞이 보이지 않네요. 에이, 콘택트렌즈 때문에 정말 미치겠어요.

게다가 이젠 아주 막나가는 여자가 돼버렸으니.

나는 밀턴 앞에 우두커니 서 있어요. 춥고 눈물 나고, 여기서 벗어날 수 있다면 어디라도 가겠어요. 집으로 돌아갈 길을 찾아야 하는데…… 하늘을 올려다봐도 별 하나 보이지 않네요. 왜 이렇게 목이 메죠?

이럴 때, 이렇게 눈물 나도록 절망적인 상황에서 내가 할 수 있는 가장 현명한 일은…… 그래요, 언니에게 전화를 하는 거예요.

따르릉, 따르릉, 따르릉…….

"여보세요(완전히 자다 깬 목소리)……."

"언니, 나 마리안이야."

"지금 몇 시니? 어디야(짜증난 목소리)?"

"나 밀턴 앞에 있는데, 와줄 수 있지?"

"왜 그래? 무슨 일 있어(걱정스런 목소리)?"

나는 그냥 같은 말만 되풀이해요.

"와줄 수 있지?"

주차장 쪽으로 차가 한 대 달려오네요.

"자, 얼른 타." 언니가 말해요.

"그런데 언니, 혹시 할머니 잠옷 빌려 입고 온 거 아니???"

"급하게 오려니 어쩔 수 없잖아!"

"언니 지금 속이 다 비치는 할머니 잠옷을 입고 밀턴 앞에 있는 거 알아?" 나는 숨이 넘어갈 듯 깔깔대며 언니를 놀려요.

"두 가지만 말해둘게. 첫째 나는 차에서 내리지 않을 거고 둘째 이 옷은 속이 비치지 않아. 구멍이 좀 뚫려 있을 뿐이지. 넌 옷가게에서 일하는 애가 그것도 구별 못하니?"

"혹시라도 기름이 떨어지면? 그땐 차에서 내려야 할

텐데? 저기, 저 사람들 안 보여? 혹시 옛날에 언니한테 치근대던 남자들 아냐?"

"뭐? 어디? 나도 좀 보자(재밌어 하는 기색이 역력)."

"저기…… 저 남자, 혹시 절대로 들러붙지 않는 '테팔 프라이팬' 아냐?"

"얘, 좀 비켜봐, 나도 좀 보게……. 어, 정말이네. 진짜 못생겼다. 옛날보다 더 추해졌네. 저 남자, 지금 몰고 다니는 차가 뭐야?"

"오펠."

"맞네, 뒷유리창에 오펠 터치라고 씌어 있어……."

언니가 나를 돌아보며 웃음을 터뜨리네요. 나도 따라 웃어야죠. 이럴 땐 자매끼리 신나게 웃어줘야 하는 거 아니겠어요?

왜냐고요?

첫째, 웃음이 많은 나이이고

둘째, '테팔 프라이팬' 때문이고

셋째, '테팔 프라이팬'이 몰고 다니는 근사한 오펠 때문이고

넷째, 인조가죽이 씌워진 오펠의 핸들 때문이고

다섯째, '테팔 프라이팬'이 입고 있는 날선 리바이스

184

501 청바지 때문이죠('테팔'은 자기 엄마한테 청바지를 있는 힘껏 다림질해달라고 했을 거예요).

웃으니 좋네요.

'테팔'의 부르주아 냄새 물씬 나는 차에 계속 눈길을 주던 언니, 결국 끼익 소리 나게 급정거를 하고 마네요. 사람들이 다 쳐다보는데요? "나, 네 형부한테 혼나겠다. 타이어 망가뜨렸다고……."

언니는 이렇게 말하고 깔깔 웃는군요.

난 이제 렌즈를 빼고 의자를 뒤로 젖혀야겠어요.

형부와 조카들이 모두 잠들어 있는 언니네 집, 우린 발소리를 죽이며 안으로 들어가요.

언니가 진토닉을 한잔 건네며 물어오네요. "정말 아무 문제도 없는 거야?"

나는 언니한테 털어놓기 시작해요. 언니는 정신과 상담에 젬병이라 크게 기대할 건 없지만요.

나는 내 마음이 텅 빈 자루 같다고 말해요. 튼튼해서 뭐든 다 담을 수 있는데, 지금은 그 속이 비어 있다고.

내가 말하는 자루는 조금만 잘못 건드려도 찢어지는 누런 종이봉투가 아녜요. 내가 말하는 자루는…… 귀퉁이마다 각이 잡혀 있고 흰색 바탕에 푸른 줄무늬가 진 커다란 자루, 그러니까 흑인 아줌마들이 자기네들 동네에서 머리에 이고 다님 직한 그런 자루죠.

"그러니까…… 그렇게 심각할 건 없네?" 언니가 진토닉을 한 잔씩 더 따르며 말하네요.

오늘의 진실

잠을 자러 가는 게 낫겠지만 그럴 수가 없다.

손이 떨린다.

보고서 비슷한 것이라도 써야 할 것 같다.

보고서 쓰는 데는 이골이 나 있다. 일주일에 한 번, 그러니까 금요일 오후마다 상사 기유맹 씨에게 올릴 보고서를 쓰니까.

이제부터 쓰려는 보고서는 오로지 나만을 위한 것이다.

나는 스스로를 향해 속으로 중얼거린다. '네가 그 일을 지세히 기록하면 할수록, 온 정신을 집중해서 사실 그대로 되살려놓으면 놓을수록 다시 읽을 때 이야기 속의 한심한 녀석이 네가 아니라는 생각이 들 거야. 그리고 너 자신을 객관적으로 판단할 수 있을 거야. 아마도.'

자, 지금 나는 노트북 컴퓨터(나는 보고서를 쓸 때마다 이 노트북 컴퓨터를 사용한다) 앞에 앉아 있다. 식기세척기 돌아가는 소리가 나지막이 들려온다.

아내와 아이들은 잠자리에 든 지 오래다. 아이들은 잠들었지만 아내는 계속 뒤척이고만 있는 게 분명하다. 아내는 내 눈치를 살피고 있다. 내가 정말로 그렇게 할 것인지 알고 싶어서. 아내는 이미 나를 잃었다고 생각하며 떨고 있다. 여자들의 육감이란. 하지만 나는 그녀 곁에 갈 수 없고 잠을 잘 수도 없다. 그녀 역시 그것을 잘 알고 있다. 나는 당장 그 모든 것에 대해서 써내려가야 한다. 이 이야기에 내 인생이 달려 있다. 물론 그건 내가 제대로 써낼 때의 이야기지만.

이야기의 발단부터 짚어보자.

나는 1995년 9월 1일 폴 프리도 사에 취직했다. 그 전까지는 경쟁업체에서 일하고 있었는데 짜증나는 일이 계속 되풀이되는 바람에 때려치웠다. 급여가 육 개월째 체불되고 있었던 것이다.

홧김에 직장을 그만둔 후 나는 일 년 가까이 백수로 지냈다.

입사지원서를 내놓은 회사에서 전화가 오기만을 기다리며 집에서 죽치고 있는 동안 사람들은 아마 내가 얼마 안 가 미쳐버릴 거라고 생각했을 것이다.

하지만 그 시절은 내게 좋은 추억으로 남아 있다. 벼르고 별렀던 집수리도 그때 다 끝냈다. 즉 아내 플로랑스가 오래전에 부탁했던 커튼 봉 달기나 샤워부스 문 고치기나 정원에 새 잔디 깔기 등등의 일들을.

오후가 되면 놀이방으로 아들 뤼카를 데리러 갔다가 다시 학교로 큰딸아이를 데리러 갔다. 집으로 돌아와서는 아이들에게 간식 ─ 네스퀵이 아니라 질 좋은 코코아 가루를 탄 진짜 코코아 ─ 을 만들어주었다. 코코아를 마신 아이들의 입가에는 멋진 수염이 생겼고 아이들은 거울을 바라보며 한참 깔깔대다 코코아 수염을 핥아 먹었다.

6월로 접어들면서 뤼카가 유치원에 입학했고 아이한테 신경 쓰는 시간이 좀 줄어들면서 나는 다시 진지하게 일자리를 찾기 시작했다. 그리하여 마침내 8월에 새 직장에 취직했다.

나는 폴 프리도 사에서 서부지역의 판매를 맡고 있

다. 무슨 판매냐, 온갖 형태의 돈육 가공품들이다. 즉 그 회사는 한마디로 초대형 정육점이라고 할 수 있다.

사장 프리도 영감의 아이디어가 빛나는 부분은 햄을 빨간색 체크무늬 종이로 포장해서 내놓은 것이다. 알맹이는 대량 생산된 평범한 햄에 포장지는 중국산이지만 그래도 얼마나 잘 나가는지 모른다. 시장조사로도 이미 입증된 바 있다. 당장 슈퍼마켓으로 달려가 장을 보러 나온 주부를 붙잡고 폴 프리도 하면 뭐가 생각나느냐고 물어보라. 십중팔구 "체크무늬 종이 포장 햄"이라고 대답할 것이다. 그러면 그 체크무늬 종이 포장 햄이 왜 유명하냐고 다시 한 번 물어보라. "진짜 햄의 풍미가 살아 있어서"라는 대답이 돌아올 테니.

잘한다. 예술이다.

프리도 사의 연간 순수입은 3,500만 프랑이다.

나는 일주일의 반 이상을 업무용 차량, 즉 양 옆구리에 명랑하게 웃고 있는 돼지의 얼굴이 찍힌 검정색 푸조 306 안에서 보낸다.

고속도로를 누비고 다니는 사람들 — 장거리 화물 수송 트럭 운전수나 출장 잦은 세일즈맨 — 의 생활에 대해서 당신은 얼마나 알고 있는가.

고속도로에는 두 세계가 공존한다. 놀러 나온 사람들, 그리고 우리.

고속도로는 인간세상의 축소판이다.

우선 운전자와 그가 모는 차 사이의 관계를 보라. 클리오1L2든 독일산 세미 트레일러든 일단 차에 오르면 차가 곧 집이다. 차 안에는 우리의 체취가 배어 있고 온갖 잡동사니가 어질러져 있으며 우리네 엉덩이 모양대로 푹 꺼진 좌석이 있다. 거대하고 신비한 왕국, 즉 불가사의한 법칙에 따라 우리를 다른 세상과 연결해주는 라디오도 있다. 나는 녀석을 애용하진 않지만 가끔은 녹슬지 않도록 소리를 죽여 틀어놓기도 한다.

그리고 고속도로에는 온갖 종류의 먹을거리가 있다. 기사식당, 프랜차이즈 레스토랑, 향토 맛집 등등. 오늘의 요리, 플라스틱 물컵, 종이 식탁보……. 거기서 마주치는 얼굴들은 두 번 다시 볼 일이 없다……. 여종업원들의 엉덩이는 목록으로 작성되어 있고 각각 값이 매겨져 있으며 날마다 업데이트된다. 그 목록을 미슐린 가이드라고 한다(그 이름도 유명한 레스토랑 가이드 미슐

랭과 타이어 회사 미슐린을 동시에 떠올릴 수 있는 기발한 별명이다).

다음으로 고속도로에는 피로와 여정과 고독과 생각이 있다. 언제나 마찬가지, 결국 남는 것은 공허뿐이다.

(내 이야기를 종합해보면 고속도로는 '식(食)'과 '색(色)'의 세계인 것 같기도 하다.)

이 모두가 도로를 달리는 사람들과 그렇지 않은 사람들 사이에 넘을 수 없는 벽을 만들고 있다.

결국 내가 하는 일이란 그렇듯 벽이 둘러쳐진 세계 안에서 오락가락하는 것이다.

나는 중대형 할인매장의 식품공급 책임자들을 만난다. 그리고 그들과 함께 판매 전략과 예상 판매량에 대해 의논하면서 우리 제품에 대한 정보를 수집한다.

그럴 때면 어여쁜 아가씨를 데리고 다니면서 그녀의 매력과 장점을 널리 광고하는 기분이다. 좋은 혼처를 구하기 위해 이리 뛰고 저리 뛰는 기분이랄까.

하지만 시집만 보낸다고 능사가 아니다. 사후관리라는 것이 남아 있다. 매장마다 돌아다니면서 일일이 살펴야 한다. 점원 아가씨들이 우리 제품을 진열대 앞쪽에 배치하는지, 혹시라도 이름 없는 회사 제품을 팔려고 애쓰고 있지는 않은지, 종이 포장지가 광고에서처럼 잘 펼쳐지는지, 소시지나 햄의 보관상태가 좋은지, 그리고 또 인지 아닌지, 인지 아닌지, 인지 아닌지…….

그런 세세한 데까지 신경 쓰는 회사는 별로 없으리라. 폴 프리도 상표가 다른 상표들과 차별화되는 이유는 바로 거기에 있다.

내 일에 대해서 너무 많이 이야기했다는 건 나도 알고 있다. 또 그것이 이 보고서의 내용과 아무 상관 없다는 것도.

지금은 돼지고기 가공품을 팔고 있지만 사실 난 립스틱이나 구두끈을 파는 일도 마다하지 않을 것이다. 내가 좋아하는 것은 사람들을 만나고 토론을 벌이고 여기저기 돌아다니는 것이니까. 하루 온종일 상사의 시선이 등에 와 꽂히는 것을 의식하면서 사무실 책상 앞에 쭈그리고 앉아 있지 않을 수만 있다면 뭘 하든 상관없다. 그런 좀팽이 같은 생활은 상상만 해도 소름이 끼친다.

1997년 9월 29일 월요일, 나는 여섯 시 십오 분 전에 일어났다. 그리고 아내의 잔소리를 듣지 않기 위해 소리 죽여 짐을 챙겼다. 차에 기름이 다 떨어진 데다 타이어 압력도 측정할 겸 주유소에 들러야 했기 때문에 샤워도 하는 둥 마는 둥 하고 서둘러 집을 나섰다.

그리고 주유소에서 커피를 한잔 마셨다. 사실 그건 내가 질색하는 일 중의 하나다. 커피 향기에 기름 냄새가 섞이면…… 욱!

첫 미팅은 퐁토드메에서 여덟 시 삼십 분에 있었다. 까르푸 창고 담당자와 함께 우리 제품을 진열할 새 진열대를 만들었다. 매장 총책임자와 의논해서 얻어낸 새로운 소득이었다(포장지 위의 요리사 얼굴과 요리사 모자가 눈에 잘 띄도록 해야 한다, 운운……).

두 번째 미팅은 부르아샤르에서 오전 열 시로 예정되어 있었다.

고속도로에 안개가 끼어 있어서 좀 서둘러야 했다.

생각할 일이 많아서 라디오도 껐다.

신중해야 했다. 경쟁업체와 한판 승부를 벌여야 하는, 나로서는 큰 도전이었다. 너무 생각에 몰두해 있던 나는 하마터면 나가야 할 인터체인지에서 나가지 못할 뻔했다.

오후 한 시. 아내로부터 황당한 전화가 왔다.

"장피에르, 당신이야?"

"왜?"

"……맙소사…… 괜찮은 거야?"

"도대체 왜 그래?"

"사고를 당한 줄 알았어! 휴대폰으로 전화를 했더니 계속 통화가 안 되더라고. 두 시간 동안이나! 얼마나 스트레스를 받았는지! 사무실로 전화를 열 번 넘게 한 거 알아? 뭐야, 도대체! 전화라도 한 통 해주지, 정말 너무했어……."

"당신 지금 무슨 얘길 하는 거야, 뜬금없이?"

"A13도로에서 아침에 사고가 났단 말이야. 오늘 그쪽으로 가지 않았어?"

"사고라니 무슨?"

"맙소사!!! 하루 종일 뉴스 들으면서!!! 지금 라디오나 텔레비전에선 온통 그 이야기만 하고 있어! 그 끔찍한 사고에 대해서 정말 아무것도 모르는 모양이지?"

"……."

"그럼 이만 끊을게. 할 일이 밀려서……. 아침나절 내내 일손이 잡혀야지. 정말 과부 되는 줄 알았어. 당신 어머니한테서 전화오고, 끊자마자 우리 엄마한테서 전화오고……. 정말 굉장했어."

"그래? 안됐지만…… 이번엔 아냐! 당신이 우리 어머니한테서 그렇게 쉽사리 벗어날 수 있을 것 같아?"

"바보 멍청이."

"……."

"……."

"이봐……."

"왜?"

"사랑해."

"쓸데없는 소리."

"뭐? 무슨 소리라고?"

"……그럼 이따 저녁에 봐. 난 지금 어머니한테 전화부터 드려야 하니까. 안 그러면 돌아가실지도 몰라."

저녁 일곱 시에 나는 지방 뉴스를 보았다. 끔찍 그 자체.

사망 여덟 명에 부상 육십 명.

알루미늄 캔처럼 찌그러진 자동차들.

얼마나?

오십 대? 백 대?

전복되고 연소된 대형 화물 트럭들. 줄지어 달려온 구급차들. 그리고 경찰. 간밤에 안개주의보가 있었으며 아직 신원이 확인되지 않은 시체가 몇 구 더 있다고 말하는 입바른 경찰. 할 말을 잃은 채 넋 나간 얼굴로 눈물만 글썽이고 있는 사람들.

한 시간 뒤 나는 여덟 시 뉴스를 보았다.

이번에는 사망자 아홉 명.

플로랑스가 부엌에서 소리친다.

"그만! 그만 좀 끄고 이리 와서 저녁이나 먹어."

우리는 식사를 하며 포도주로 건배를 했다. 그럴 기분은 아니었지만.

나는 겁에 질려 있었다. 아무것도 먹을 수가 없었다. 흠씬 두들겨 맞은 권투선수처럼 기진맥진한 채.

내가 통 잠을 이루지 못하자 아내가 나를 부드럽게 애무해주었다. 하지만 아무 소용 없었다.

자정에 나는 다시 거실로 나와 텔레비전을 켰다(물론 소리를 완전히 죽인 상태로). 그리고 담배를 찾아 온 거실을 헤집고 다녔다.

자정하고도 삼십 분이 지났을 때 나는 텔레비전의 소리를 약간 높였다. 고속도로 양 차선에 걸쳐 마구 널브러진 철판 더미들.

이 얼마나 한심한 일인가.

나는 속으로 중얼거렸다. 인간의 어리석음에는 끝이 없다고.

곧이어 트럭 운전수 한 사람이 화면에 나타났다. 그는 '르카스텔레' 자동차 경주 로고가 찍힌 티셔츠를 입고 있었다. 나는 그의 얼굴을 영원히 잊지 못할 것이다.

그날 밤, 우리 집 거실에서 그는 이렇게 말했다.

"맞아요, 안개가 끼어 있었고 운전자들이 하나같이 속력을 지나치게 내고 있었던 건 사실이에요. 하지만 웬 한심한 인간이 부르아샤르 인터체인지로 빠져나가기 위해 후진을 하지 않았다면 이렇게까지 끔찍한 일은 일어나지 않았을 겁니다. 운전석에서 분명히 봤습니다. 제 옆에서 다른 차 두 대가 속력을 늦추는가 싶더니 뒤이어 오던 차들이 연달아 충돌하는 끔찍한 소리가 들려오더군요. 백미러로는 아무것도 보이지 않았어요. 아무것도. (잠시 침묵) 그 사람이 이 이야기를 듣고 있다면 한마디 하고 싶네요. 부디 내 이야기에 밤잠 설치지 말기 바랍니다."

그건 바로 나한테 하는 말이었다. 바로 나한테.
거실에서 벌거숭이로 앉아 있는 장피에르 파레에게.

그게 어제 일이었다.
오늘 나는 신문이란 신문은 닥치는 대로 다 샀다.

9월 30일 화요일자 《르 피가로》 3면

운전과실로 추정

어제 아침 A13도로에서 아홉 명의 사망자를 낸 연쇄 중돌 사고의 원인은 당시 부르아샤르 입체교차로에서 후진을 시도한 어느 운전자의 과실로 추정되고 있다. 이로 인한 일차 충돌에 이어 연료 운반 트럭에서 화재가 발생하면서 엄청난 불길이 치솟았고……

어처구니없는 운전과실이 대형사고 일으켜

어느 조심성 없고 비양심적인 운전자로 인해 사고가 일어난 것으로 보인다. 현장에는 종이처럼 구겨진 철판 더미들이 널려 있었다. 이 사고로 아홉 명이 목숨을 잃었으며 사망자 수는 더 늘어날 것으로 보인다. 당시 목격자의 증언에 따르면 웬 승용차가 루앙 전방 이십 킬로미터 지점에서 부르아샤르 인터체인지를 놓쳤다가 되돌아가기 위해 후진을 했다고 한다. 다른 차량들은 이 차를 피하느라…….

기사는 줄줄이 이어지고…….

《리베라시옹》3면

두 사람은 부상자들을 구하려다 차에 치어 숨졌다. 잠깐 사이, 백여 대에 이르는 승용차와 화물 트럭 세 대가…….

인터체인지를 놓쳐 후진한 거리는 불과 이십 미터도
채 되지 않았다.

눈 깜빡할 사이에 나는 그 일을 잊어버렸다.

그런데 맙소사…….

눈물도 나지 않는다.

새벽 다섯 시에 아내가 거실로 나왔다.

나는 그녀에게 다 털어놓았다. 분명하게.

아내는 한참 동안 두 손으로 얼굴을 감싸 쥔 채 꼼짝
도 하지 않았다.

얼마나 시간이 흘렀을까, 그녀는 허공에서 뭔가 찾아내
기라도 하려는 듯 좌우를 두리번거리다가 내게 말했다.

"당신, 제발 아무 말도 하지 마. 안 그러면 당신은 과
실치사 혐의로 구속된단 말이야."

"말해야 해."

"그래서? 그래서 뭘 어쩔 건데? 그런다고 뭐가 달라
져?!"

아내는 울음을 터뜨렸다.

"어쨌든 내 인생은 이미 끝난 거나 마찬가지야."

아내가 울부짖었다.

"당신 인생이 어떻든 아이들 인생까지 망칠 순 없어! 제발 부탁이니 말하지 마!"

나는 차마 울부짖을 수도 없었다.

"아이들? 이걸 봐. 이걸 잘 보라고."

나는 신문을 집어들고 사고가 난 A13도로에서 울고 있는 어린 사내아이의 사진이 실려 있는 면을 펼쳐 아내에게 내밀었다.

형체를 알아볼 수 없이 뭉개져버린 차에서 간신히 빠져나온 소년.

신문 속의 사진 한 장.

신문 3면 '오늘의 진실'.

"이 아인 딱 카미유 또래야."

"집어치워! 말도 안 되는 이야기는 이제 그만하자고! 당신은 무조건 입 다물고 있어야 해! 한 가지만 물어볼게. 당신이 감옥에 가면 뭐가 달라지는데? 응? 뭐가 달라지느냐고?!"

아내는 내 멱살을 쥐고 흔들며 울부짖었다.

"그 사람들을 위로해줄 수 있지."

아내는 비참한 표정으로 자리를 떴다.

이윽고 그녀가 욕실 문을 쾅 하고 닫는 소리가 들려왔다.

오늘 아침, 아내 앞에선 고개를 끄덕였지만, 집 한구석에서 식기세척기 돌아가는 소리만 들리고 있는 지금은……

나는 이제 끝났다.

부엌으로 가서 물을 한잔 마시고 정원에 나가 담배나 한 대 피워야겠다. 그런 다음 이 글을 다시 읽어보련다. 내게 도움이 될지 아닐지 알아내기 위해서.

하지만 나는 이미 알고 있다. 도움이 되지 않으리라는 것을.

장선(腸線)*

처음엔 일이 이렇게 풀리리라고는 생각도 하지 못했다. 팔구월 두 달 동안 아르바이트나 하려고《주간 수의사》지에 난 구인광고를 보고 연락을 했다. 그런데 나를 고용했던 수의사가 휴가에서 돌아오는 길에 교통사고로 세상을 떠나고 말았다. 다행히 그 차에 다른 사람은 타고 있지 않았다.

그렇게 해서 나는 얼떨결에 가축병원을 사들였다. 아르바이트할 때의 경험으로 봐서 그런대로 잘될 것 같았다. 노르망디 사람들이 지갑을 잘 여는 편은 아니지만 열어야 할 때는 여니까.

그런데 노르망디 사람들의 특성이 하나 더 있다. 한

---

* 장선: 외과 수술용 실. 자내 조직을 봉합할 때 쓰며 조직 내에 녹아들어 뽑아낼 필요가 없다. – 옮긴이

번 머릿속에 새겨진 생각은 절대로 떨쳐내지 않는다는 것. 그 생각이 뭔고 하니, 여자가 동물을 다뤄서는 안 된다는 거다. 물론 먹이를 주거나 젖을 짜거나 똥을 치우는 건 괜찮다. 하지만 주사를 놓거나 분만을 돕거나 위염이나 자궁염을 치료하는 건…….

그들은 몇 달 동안이나 나를 지켜본 후에야 병원을 찾기 시작했다.

확실히 아침나절은 견딜 만했다. 진료실에 가만히 앉아 있으면 사람들이 병난 동물들을 데리고 찾아왔다. 역시 개나 고양이를 데리고 오는 사람들이 가장 많았다. 병원을 찾는 이유는 1)직접 주사를 놓기가 겁나거나 2)사냥을 잘하는 기특한 개가 병이 났거나 3)예방주사를 맞히기 위해서 등등이었다. 세 번째 경우는 드물었다. 딱한 사람이었던 걸로 기억하는데, 파리지앵이었다.

견디기 힘든 건 오후의 왕진이었다. 축사 앞에서 지켜보고 있는 사람들. 침묵(얼마나 잘 하는지 두고 보자). 매번 등 뒤로 느껴야 하는 엄청난 양의 불신, 그리고 뒷담화. 다들 카페에 모여서는 내 진료방식과 무균 장갑을 놓고 마구 시시덕거렸으리라. 그런데 하필이면 내 성씨까지 우스꽝스럽기 짝이 없었으니. 르자레(Lejaret). 철자는 다르지만 발음은 소의 무릎도가니를 뜻하는 말 — Le Jarret — 과 똑같지 않은가. 르자레 박사. 무릎도가니 박사?

결국 나는 대학노트니 이론 같은 건 다 잊어버리고, 횡설수설이나마 동물 주인 쪽에서 설명을 늘어놓기만 기다리게 되었다.

내가 여태 이렇게 버티고 있는 건 그나마 아령을 하나 장만했기 때문이다.

시골에서 일하고 싶어 하는 젊은이들에게 내가 해줄 수 있는 충고는 딱 한 가지밖에 없다(내게 충고를 구할 사람이 있을까만). 첫째도 체력, 둘째도 체력, 체력은 국력이라는 것이다. 암소 한 마리의 무게가 500에서 800킬로그램, 말 한 마리의 무게가 700킬로그램에서 1톤 사이다. 그러니 더 말해 무엇하랴.

자, 출산에 문제가 생긴 암소를 한번 상상해보라. 그 것도 몹시 추운 겨울날 밤, 헛간은 지지리도 지저분하고 전깃불조차 제대로 들어오지 않는다면……

그건 그렇다 치고.

암소가 괴로워하면 농부는 애가 탄다. 그에겐 암소가 유일한 밥줄이므로. 진료비가 태어날 고깃덩어리 값보다 더 나간다면……. 당신은 이렇게 말한다.

"송아지가 거꾸로 들어섰습니다. 돌려주면 제대로 나올 겁니다."

이제 외양간에 활기가 돈다. 드디어 뭔가 일이 벌어지려는 것이다.

당신은 일단 소를 묶어놓는다. 가까이 다가가도 발길질 당하지 않도록. 그리고 거추장스러운 외투며 스웨터 따위를 다 벗어버린 후 티셔츠 바람으로 '송아지 돌려놓기 작전'에 돌입한다. 오늘따라 날씨는 왜 이리 추운지. 당신은 수돗가로 가서 아무렇게나 굴러다니는 비누쪼가리로 손을 씻은 다음 겨드랑이까지 올라오는 무균장갑을 낀다. 그리고 왼손으로 암소의 거대한 음부를 벌리고…….

당신은 자궁 안쪽에서 무게가 육칠십 킬로그램은 족히 나감 직한 송아지를 찾아내 돌려놓는다. 그것도 한 손으로.

비록 시간이 좀 걸리긴 하지만 결국 당신은 해내고 만다. 기진맥진한 당신은 기운을 차리기 위해 따끈하게 데운 칼바도스(노르망디의 명물 사과주. 대개 알코올 도수 육십 도가 넘는다–옮긴이)를 마시면서 아령을 떠올린다.

어떨 땐 송아지가 암소의 질구를 빠져나오지 못할 수도 있는데, 그러면 절개를 해야 하고 당연히 시간도 많이 걸린다. 농부는 당신의 눈을 보고 결정을 내린다. 당신의 눈빛이 자신감에 차 있고 당신이 차에서 뭔가 가져오려는 눈치를 보이면 그는 절개를 하자고 한다.

하지만 당신의 눈이 주변의 다른 동물들 쪽으로 돌아가거나 당신이 괜히 어설픈 몸짓을 해서 떠나고 싶어하는 인상을 주면 그는 절개를 할 필요가 없다고 한다.

또 어떨 땐 죽은 송아지를 암소의 배 속에서 꺼내야한다. 그런데 암소를 죽이면 안 되기 때문에 송아지를 토막내서 한 조각씩 꺼내야 한다.

그러고 나면 집에 돌아가야 하는데도 차마 발길이 떨어지지 않는다.

이곳에 온 지 몇 해가 흘렀지만 나는 병원을 사들일 때 은행에서 융자받았던 돈을 아직도 계속 갚아나가고 있다. 하지만 병원이 그런대로 잘 되고 있으니 별 상관 없다.

발뫼 영감님이란 분이 돌아가셨을 땐 그분의 농장을 사서 약간 손을 본 다음 들어가 살기 시작했다.

그동안 남자도 사귀었는데 결국 그는 떠나버렸다. 빨랫방망이 같은 내 손 때문이었을까?

개도 두 마리 키우게 되었다. 한 마리는 제 발로 걸어 들어와서는 살 만한지 눌러앉았고 나머지 한 마리는 시난고난 살던 녀석을 내가 데리고 왔다. 당연히 이 녀석이 훨씬 더 기세등등하다. 집 근처에 고양이들이 몇 마리 사는 것 같다. 한 번도 본 적은 없는데 먹을 것을 그릇에 담아 내놓으면 늘 싹 비워져 있다. 나는 지금 살고 있는 집의 정원이 마음에 든다. 오래 묵은 장미나무도 몇 그루 있다. 손보지 않아 제멋대로 우거지긴 했지만 그래도 아름답다.

작년에 티크로 된 정원용 가구를 들였더니 집의 분위기가 확 살아났다. 돈은 꽤 많이 들었지만 그래도 오래 쓸 테니 상관없다.

짬이 날 때면 나는 마르크 파르디니란 남자와 함께 외출한다. 그는 인근에 있는 대학의 (무슨 과인지는 모르지만) 교수다. 우리는 함께 극장에서 영화도 보고 레스토랑에서 식사도 한다. 촌뜨기가 다 돼가는 나로서는 그와 함께 문화생활을 하는 것이 그렇게 좋을 수가 없다. 그는 내게 책이며 CD 같은 것도 빌려준다.

가끔은 그와 잠자리도 같이한다. 늘 만족스럽다.

어젯밤에 왕진을 부탁하는 전화가 걸려왔다. 티앙빌 도로변 농가에 사는 빌보드 씨였다. 위급한 상황이라고 하기에 가지 않을 수 없었다.

사실 힘에 부쳐도 많이 부치는 일이었다. 지난 주말에 계속 왕진을 나간 것까지 합해서 나는 이 주째 한시도 쉬지 못한 채 일을 하고 있는 중이었다. 오죽하면 가끔씩 개들한테 말을 걸었을까. 말도 안 되는 짓거리였지만 그렇게 해서라도 내 목소리를 듣고 싶었다. 먹물 같은 커피를 연신 사발로 들이켜면서.

나는 시동을 끄는 순간 빌보드 씨네 농가에 아무 일도 일어나지 않았다는 것을 알아차렸다. 집은 불이 꺼진 채 컴컴했고 외양간은 조용하기 그지없었다.

함석 대문을 부서져라 두드렸지만 아무도 나오지 않

았다. 함정이었다.

빌보드란 자는 내게 이렇게 말했다. "우리 암소의 엉덩이엔 아무 문제도 없소. 당신 것이 문제라면 몰라도. 당신도 엉덩이가 있기는 하겠지? 마을에선 당신이 곧 남자가 되는 거 아니냐고 수군대고들 있소이다. 그래서 우리가 그랬지. 두고 보자고."

그 말에 패거리 둘이 왁자하게 웃어젖혔다.

나는 그자들의 닳아빠진 손톱만 바라보고 또 바라보았다. 그자들이 짚더미 위에서 나를 겁탈했을 것 같은가? 천만에. 다들 취할 대로 취해서 바른 자세로 일을 치르기는 무리였다. 그자들은 나를 우유저장고로 끌고 갔다. 그리고 얼음같이 차디찬 우유통 쪽으로 나를 밀어붙였다. 기역자로 굽은 관에 등이 부딪혀서 몹시 아팠다. 기껏 바지 지퍼 속 물건 하나 때문에 흥분해서 나대는 꼴이라니.

불쌍한 인간들.

그자들은 나를 끔찍하게 괴롭혔다. 그 말이 실감나지

않을 사람들을 위해 다시 한 번 말한다. 그자들은 나를 끔찍하게 괴롭혔다.

빌보드란 작자는 사정을 하던 중에 갑자기 정신이 드는지 이렇게 말했다.

"자자, 박사님, 웃자고 한 짓이오. 우린 웃을 일이 별로 없거든. 그러니 이해해주시오. 우리 처남이 결혼을 앞두고 있어서 총각파티 삼아…… 그렇지, 마누?"

마누라는 작자는 잠든 지 오래였고 마누의 친구란 자는 술을 마시고 있었다.

나는 빌보드란 놈에게 물론, 물론 이해한다고 말해주었다. 그 자식과 농담을 주고받기까지 했다.

나중에는 그 망종이 내게 술을 병째로 권하기에 이르렀다. 자두주였다.

다들 곤드레만드레 취해서 곯아떨어져 있었지만 나는 만약의 경우에 대비해서 그자들 각각에게 소량의 마취제를 주사했다. 작업을 하려면 마음이 편해야 하므로. 그자들이 갑자기 소스라쳐 일어나는 꼴 따윈 보고 싶지 않았다.

나는 베타딘으로 소독한 무균장갑을 꼈다.

이윽고 나는 음낭의 거죽을 외과용 메스로 도려냈다. 고환을 끄집어내 잘랐다. 부고환과 맥관을 장선 3번과 5번으로 동여맸다. 그리고 그것들을 다시 음낭 속에 집어넣고 연속 봉합했다. 작업은 순조로웠다.

내게 전화를 걸었고 제 집이라고 가장 난폭하고 기세 등등하게 굴었던 빌보드란 작자의 경우엔 그자의 목울대 위쪽에다 앞서 잘라낸 것을 덧붙여주었다.

작업을 마치고 옆집 할머니를 찾아갔을 때는 이미 새벽 여섯 시가 다 되어가고 있었다. 할머니는 일흔두 살이었는데 온통 쪼글쪼글하긴 해도 여전히 원기왕성했고 새벽잠도 없었다.

"할머니, 제가 집을 비우게 됐어요. 개들이랑 고양이들을 대신 좀 돌봐주시겠어요?"

"무슨 일이 있는 건 아니지?"

"글쎄요."

"고양이들은 너무 많이 먹일 필요가 없다우. 배가 고파야 쥐를 잡지. 개들은 너무 덩치가 커서 좀 부담스럽긴 하지만 오래 맡길 게 아니라면 내가 맡아주지 뭐."

"먹이 값은 수표로 끊어드릴게요."

"그렇게 하시구려. 텔레비전 위에 놔두도록 해요. 정말 별일 없는 거지?"

"휴우우우." 나는 미소로 답했다.

나는 지금 우리 집 부엌 식탁 앞에 앉아 있다. 커피를 다시 내려놓고 담배를 피우면서. 경찰차가 오기를 기다리는 중이다.

그저 사이렌만 울리지 않으면 좋겠는데.

부잣집 도련님

알렉상드르 드베르몽. 그는 혈색 좋은 금발머리의 청
년이다.

티 없이 자랐다. 100% 천연성분 비누와 콜게이트 치
약. 얇은 순면 반팔 셔츠와 턱우물. 귀엽다. 깨끗하다.
정말 우윳빛 새끼 돼지 같다.

그는 곧 스무 살이 된다. 뭐든 할 수 있을 것 같지만
하나같이 잘 되지 않는 나이이자 무한한 가능성과 환상
이 넘치는 나이이며 또한 얼굴에 엄청나게 신경을 쓰는
나이이기도 하다.

하지만 장밋빛 뺨을 시닌 이 젊은이에겐 그렇지 않
다. 그는 인생의 쓴맛을 알지 못했다. 아무도 그를 지긋
지긋하게 괴롭힌 적이 없었으므로. 그는 착하다.

그의 엄마는 거만한 여자다. 말도 똑똑 끊어서 한다. 꼭 이런 식으로 남을 속여먹으려는 것 같다. 쯧쯧쯧…… 요즘은 돈으로 뭐든 살 수 있는 세상이지. 하지만 알다시피 귀족다움이라는 것만은 돈으로도 살 수 없어. 귀족의 자존심을 어떻게 돈 따위로 살 수 있겠어? 오벨릭스처럼 어렸을 때부터 그 분위기에 젖어들어야지. 그렇다고 해서 문장(紋章)이 새겨진 반지 같은 게 쓸모없다는 건 아니야.

어떤 문장? 나는 생각해본다. 왕관과 백합이 뒤섞인 문양(프랑스의 마지막 왕가 부르봉가를 상징하는 문장이다-옮긴이). 프랑스 육가공업자 연합의 노조에선 자기네들이 쓰는 종이마다 그 문양을 턱하니 박아놨다. 뭐가 뭔지도 모르면서. 맙소사.

그의 아빠는 가업을 물려받아 정원용 가구 제조업체를 운영하고 있다. 백색 합성수지로 제작된 로피텍스 가구. 어떤 기후에서도 10년간 절대 변색되지 않는 것을 보장함.

합성수지로 만든 가구는 야영이나 소풍 분위기를 풍긴다. 유서 깊은 대저택의 정원 한가운데 증조부가 심어 수령이 백 년도 넘는 떡갈나무 아래에는 고색이 창연하고 이끼가 낀 티크 가구를 놓는 게 훨씬 멋지겠지만…… 물려받은 것에 만족하는 수밖에…….

방금 우리 드베르퐁 2세께서는 인생의 쓴맛을 알지 못한다고 썼는데, 다시 생각해보니 꼭 그런 것만은 아니다. 문제의 로피텍스 가구로 인해 그가 쓴맛을 본 적이 있었다. 암, 그렇고말고.

언젠가 그가 진짜 영국산 순종 개처럼 혈통 좋은 아가씨와 춤을 추다가 생긴 일이었다. 귀부인들이 자기네 귀한 아들들을 레일라나 한나 따위 근본을 알 수 없는 여자들로부터 보호하기 위해 만든 돈덩어리 사교 모임에서였다.

그러니까 거기서 그는 버튼다운 셔츠를 입고 손에는 땀이 축축하게 밴 채 혈통 좋은 아가씨와 춤을 추고 있었다. 바지의 지퍼 부분이 아가씨의 배에 닿지 않도록 조심하면서. 그는 허리를 슬슬 흔들며 웨스턴 부츠의 굽으로 장단을 맞추었다. 세련된 젊은이 같으니라고.

이윽고 혈통 좋은 아가씨가 그에게 물었다.

"아버지는 뭘 하세요(그런 파티에서 아가씨들이 상습적으로 입에 올리는 질문)?"

그는 무심한 척 아가씨의 몸을 한 바퀴 핑그르르 돌

리면서 대충 대답했다.

"로피텍스 사의 사장이세요. 아시는지 모르겠네요……. 직원이 이백 명이고……."

그가 말을 채 끝맺기도 전에 아가씨는 춤을 딱 멈추고 탐색견 같은 표정으로 이렇게 물었다.

"잠깐만요……. 로피텍스 사요?…… 그럼 그 로피텍스 콘돔이!!?"

어떻게 그런 생각을.

"아닙니다. 정원용 가구들을 만드는 회사예요."

그는 대답을 하면서도 놀란 가슴을 진정시킬 수가 없었다. 정말이지 멍청해도 너무 멍청한 아가씨다. 어떻게 그런 한심한 말을. 때마침 음악이 끝나서 그는 아가씨를 떼어놓고 뷔페로 가서 샴페인을 마실 수 있었다. 정말이지 이건 아니었다.

게다가 맙소사. 스무 살밖에 안 된 아가씨가.

우리의 드베르몽 2세께서는 대학입학자격시험에서는 한 번 미역국을 먹었지만 운전면허는 단번에 따냈다 (세 번째 도전 끝에 겨우 성공했던 형과 달리).

그날 저녁식사는 완전히 축제 분위기였다. 운전조교

가 멍청한 인간에다 술꾼이라 쉬운 도전이 아니었으므로 더더욱 축하할 만한 일이었다.

알렉상드르는 방학을 이용해 할머니의 대저택이 있는 시골에서 운전면허를 땄다. 형이며 사촌들이 그랬듯 비용을 줄이기 위해서였다. 파리와 비교해보면 거의 천 프랑이나 차이가 나므로.

천만다행으로 문제의 운전조교는 시험 당일만은 술을 마시지 않고 제 임무를 다해주었다.

알렉상드르는 가끔씩만, 그러니까 엄마가 외출할 일이 없을 때에만 엄마의 '골프'를 몰고 나갈 수 있다. 보통 땐 차고에서 먼지를 뒤집어쓰고 있는 낡은 푸조 104로 만족해야 한다. 또래 친구 녀석들과 마찬가지로.

푸조도 아직 탈 만한데, 새똥 냄새가 배어 있어서 문제다.

방학이 끝났다. 이제 그는 호화주택가인 모차르트 거리에 있는 초호화판 아파트로 돌아가 삭스 거리의 사립 경영학교에 다녀야 한다. 이니셜마저 복잡하기 이를 데 없는 그 학교의 학위는 아직 국가적으로 인정받지 못하고 있다. I.S.E.R.P인지 I.R.P.S인지 I.S.D.M.P인지 잘은 몰라도 그 복잡한 이니셜을 풀이하면 혹시 '나의 엉덩이 고등 연구소'가 아닐지?

우리의 젖비린내 물씬 나는 드베르몽 2세는 여름 몇 달 새 확 변해버렸다. 이제 제법 방탕한 생활을 하는가 하면 담배에도 맛을 들였다.

말보로 라이트.

그가 왜 이렇게 됐느냐, 그건 친구를 잘못 사귀었기 때문이다. 시골에 내려가 있을 때 그 지역 대농장주의 아들 프랑크 멩조, 즉 돈 많고 겉만 번드르르한 데다 사고뭉치에 말 많은 친구에게 푹 빠져버린 것이다. 할머니한테 인사를 하면서도 연신 사촌누이들을 곁눈질하는 녀석에게.

프랑크 멩조로서는 알렉상드르 드베르몽 2세와 친구가 된 것이 뿌듯하기 짝이 없었다. 덕분에 사교계에 발을 들여놓을 수 있었으므로. 이제 그는 날씬하고 귀여운 아가씨들이 넘쳐나는, 플라스틱 병에 담긴 생수 대신에 값비싼 샴페인이 나오는 파티에 참석한다. 출세하

기 위해선 그런 곳에 드나들어야 한다는 것을 그는 본
능적으로 알고 있다. 옹색한 카페 뒷방과 촌티 나는 아
가씨들, 당구나 농산물 전시회는 이제 안녕이다. 모모
백작의 대저택에서 백작의 영애 모모 양과 저녁시간을
보내는 게 제대로 노는 것이니까.

드베르몽 도련님도 벼락부자 친구가 마음에 든다.
덕분에 오픈카를 타고 자갈 깔린 마당을 질주하고 투
렌 지방(프랑스 중부 루아르 강 유역 일대를 예스럽게 일컫
는 말. 고성이 많은 것으로 유명하다―옮긴이)의 도로를 전
속력으로 달리고 촌뜨기들에게 주먹감자를 먹이며 제
멋대로 차를 주차하고, 또 이 모든 것들을 통해서 아버
지를 엿 먹일 수 있으니까. 그는 이제 셔츠의 단추를 하
나 더 풀어젖힌 채 세례식 때 받은 목걸이를 드러내 보
이고 다닌다. 부드러운 터프가이. 아가씨들이 줄줄 따를
만하다.

오늘 밤엔 좀 특별한 파티가 열린다. 라로슈푸코 백작
내외가 막내딸 엘레오노르를 위해 연 여름 파티다. 상류
층의 자녀들이 대거 모여들 것이다. 투렌 지방에서 명사

로 통하는 이들의 아들들과 딸들은 모두. 개중엔 아직 처녀 딱지를 떼지 않은 상속녀도 제법 있을 것이다.

돈. 비록 요란하게 티를 내지는 않아도 실제로는 다들 돈을 온몸에 칠갑하고 온다. 어깨와 가슴을 훤히 드러낸 이브닝드레스, 눈부시게 희고 매끄러운 살결, 진주 목걸이, 울트라 라이트 담배, 그리고 신경질적인 웃음소리. 프랑크의 팔찌도 알렉상드르의 목걸이도 요란하게 빛나는 밤.

그런 밤을 놓쳐서는 안 될 일이다.

소위 상류층 인사들에게 농부는 제아무리 부자라도 농부고 장사꾼은 제아무리 고상해도 장사꾼이다. 그러니 농부의 자식들과 장사꾼의 자식들은 더더욱 그들의 샴페인을 마시고 그들의 딸들을 덮치는 수밖에 없다. 행실은 비록 칠칠치 못해도 혈통 하나만은 끝내주는 아가씨들을. 다들 초기 십자군 원정을 이끌었던 고드프루아 드 부이용의 직계자손 정도는 된다고 볼 수 있으리라.

프랑크는 초대장을 받지 못했다. 하지만 아무 문제 없다. 친구 알렉상드르 드베르몽이 검표원과 아주 친하므로. 그 자식한테 백 프랑만 집어줘. 그러면 아무 말 없이 통과시켜줄 테니. 네가 원하면 네 이름도 기운차게

외쳐줄걸?

  문제는 자동차다. 숲속 가시덤불을 싫어하는 아가씨
와 제대로 끝맺음을 하려면 차다운 차가 있어야 한다.

  집에 일찍 돌아갈 생각이 없는 아가씨들은 아빠를 먼
저 돌려보내고 자신만의 기사를 찾는다. 집들이 서로
수십 킬로미터씩 떨어져 있는 지역에서 좋은 차를 몰고
다니지 않으면 별 볼 일 없는 녀석 취급을 받고 총각으
로 남게 된다.

  그런데 사태가 심각하다. 프랑크의 자동차는 정비 중
이고 알렉상드르의 엄마는 '골프'를 끌고 파리로 가버
렸다.

  남아 있는 것은? 좌석과 문짝에 새똥이 덕지덕지 말
라붙어 있는 하늘색 푸조 104. 바닥에는 지푸라기가 널
려 있고 앞유리창에는 '사냥은 당연한 권리'라고 쓰인
스티커까지 붙어 있다. 걱정이다.

  "니네 내상은? 지금 어디 있어?"

  "출장 중이야."

  "차는?"

  "음…… 여기 있는데 왜?"

"왜 여기 있는데?"

"장례몽 아저씨가 세차를 하기로 했거든."

(장례몽은 저택 관리인이다.)

"절묘한 찬스다!!! 하룻밤만 빌려 쓰고 다시 갖다놓자. 아무도 모르게."

"안 돼, 프랑크. 그럴 순 없어."

"왜!?"

"이봐, 그러다 사고라도 치면 난 죽어. 안 돼, 그건 절대로 안 돼……."

"바보 같은 자식, 사고 안 내면 되잖아! 사고 안 내면!!"

"안 돼, 안 돼……."

"이런 제기랄, 그 '안 돼' 소리 좀 안 하면 안 돼? 고작 15킬로미터 왕복하는 거야. 게다가 그때쯤이면 도로는 탁 트여 있다고. 완전히 망망대해라니까. 그런데 무슨 사고가 난다는 거야?"

"그래도 혹시……."

"혹시 뭐? 응? 혹시 뭐? 이 몸께선 무사고 운전 삼 년차야, 알아? 걱정 끄라니까."

프랑크가 앞니 아래에다 엄지손가락을 밀어 넣는다.

이뿌리라도 보여주겠다는 듯이.

"아니, 그래도 안 돼. 아빠의 재규어는 절대로 안 돼."

"씨팔! 보자보자 하니까 정말 찌질하게 나오네!"

"……."

"그럼 어쩔 거야? 네 똥차를 끌고 라로슈푸코 백작 댁으로 가시겠다?"

"응……."

"설마하니 그 차에다 네 사촌 여동생을 태우고 갈 생각은 아니겠지? 도중에 그 애 여자 친구를 태울 것도 아니고?"

"그래야지 뭐……."

"그 애들이 쓰레기통 같은 네 차에 타려고 할까??!"

"글쎄……."

"내 말대로 해! 너네 대장 차를 얌전히 몰고 나갔다가 몇 시간 후에 다시 제자리에 갖다놓는 거야."

"안 돼, 안 돼, 재규어는 안 돼……. (침묵) 재규어는 안 돼."

"이봐, 그럼 난 다른 놈이랑 같이 갈 거야. 너처럼 멍청한 자식하고는 같이 다니기 싫어. 그게 어떤 파틴데 그딴 똥차를 끌고 가겠다는 거야? 미쳤어. 네 똥차, 굴러가기는 해?”

“응, 잘 굴러가.”

“씨이팔, 그걸 말이라고…….”

프랑크는 제 뺨을 힘껏 잡아당긴다.

드베르몽 2세는 귀족답게 협박을 해보기로 한다.

“어쨌든 넌 나 없인 들어가지도 못해.”

“알아. 못 들어가는 거나 네 똥차 타고 가는 거나 거기서 거기지 뭐……. 암튼 여자나 놓치지 않도록 조심해서, 응?”

돌아오는 길. 새벽 다섯 시. 얼근히 취한 데다 기진맥진한 두 청년. 담배 냄새, 땀 냄새. 그러나 섹스는 없었다(섹스 없는 멋진 파티란 것도 존재한다).

앤드르에루아르 도의 보뇌이와 시세르딕 사이 49번 국도를 달리고 있는 두 청년.

“봐……. 차 안 부서졌잖아, 응? 그러게 내가 뭐래……. ‘안 돼, 안 돼’ 울부짖으면서 난리 칠 필요 없었다니까. 내일 너네 관리인 아저씨가 제대로 광만 내놓으면 만사 오케이라고…….”

“쳇……. 그래서 뭐 잘된 거 있어? 차라리 똥차를 끌고 오는 건데…….”

“하긴, 허리 아래 문제에 있어서는…….”

프랑크는 웅얼거리며 제 사타구니를 더듬는다.

“너는 괜찮은 여자 못 건졌구나, 그렇지? ……나는 그
래도…… 난 그래도 내일 쭉쭉빵빵 금발 아가씨랑 테니
스 약속이 있는데…….”

“누구?”

“알잖아…….”

프랑크가 말을 잇지 못한 이유는 바로 그 순간, 멧돼
지가, 적어도 150킬로그램은 나감 직한 멧돼지가 길을
건너는 것을 발견했기 때문이다. 하지만 바로 다음 순
간 감쪽같이 사라져버린 멧돼지.

어쩌면 녀석도 부모한테 야단맞을까 조바심치며 파
티에서 서둘러 돌아오고 있는 중이었는지도 모른다.

별안간 바퀴가 끼익 하는 마찰음을 내더니 차 앞쪽에
서 쾅 하는 굉음이 들렸다. 그 순간 “젠장!” 하고 외마디
소리를 지르는 알렉상드르 드베르몽.

두 청년은 일단 차를 멈춰 세운 다음 차문을 열고 차
에서 내린다. 멧돼지 즉사. 재규어 차체 오른쪽 앞부분

도 즉사. 즉 범퍼와 라디에이터와 헤드라이트와 차체가 모조리 즉사. 심지어는 재규어라는 로고까지 망가져 있었다. 알렉상드르 드베르몽은 다시 한 번 외쳤다. "젠장!"

그는 취할 대로 취한 데다 지칠 대로 지쳐서 더는 한 마디도 할 수 없다. 하지만 그 와중에도 얼마나 엄청난 일이 벌어졌는지 하는 것만큼은 또렷하게 의식하고 있다. 아주 또렷하게.

프랑크가 멧돼지의 퉁퉁한 배를 걷어차며 말한다.

"이 녀석을 여기 놔두면 안 돼. 데려가서 구워 먹든지 해야지……."

알렉상드르는 천천히 차를 몰기 시작한다.

"맞아, 멧돼지 넓적다리 구이는 기가 막히지……."

결코 유쾌한 상황은 아니다. 비극적이다. 그런데도 두 청년은 미친 듯 웃고 있다. 피곤한 데다 신경이 곤두섰기 때문이리라.

"너희 엄마가 무지 좋아하시겠다……."

"암, 엄청 좋아하시겠지!"

두 바보는 배가 뒤틀릴 정도로 웃어댄다.

"자…… 이제 저놈을 트렁크에 실어야겠지?"

"그래야지."

"제기랄!"

"또 왜?"

"꽉 찼잖아……."

"뭐라고?"

"꽉 찼다고! ……너네 아버지 골프 가방하고 와인 상자 때문에……."

"미치겠네……."

"어떡할까?"

"뒷좌석 바닥에 놓지 뭐……."

"그래도 돼?"

"응. 참, 잠깐만. 시트를 더럽히면 안 되니까 우선 뭘 좀 깔아야겠는데……. 트렁크에 모포가 들어 있을 거야."

"뭐라고?"

"모포."

"모포라니?"

"녹색 바탕에 파란 체크무늬 천 쪼가리 안 보여? 트렁크 바닥에 깔려 있는 건 그것밖에 없을 텐데?"

"아하! 담요 말이구나……. 파리 스타일 담요."

"그래, 그거…… 빨리 좀 꺼내."

"알았어. 괜히 시트를 더럽힐 필요가 없지……."

"암."

"제길, 무겁기는 왜 이렇게 무거워?"

"무겁다고?"

"냄새하며!"

"알렉스……. 여긴 시골이야."

"엿이나 먹어."

두 청년은 다시 차에 오른다. 시동을 거는 데는 아무 문제도 없다. 엔진엔 이상이 없다는 이야기. 좋았어.

몇 킬로미터나 더 나갔을까. 갑자기 등줄기를 훑어내리는 전율……. 우리의 프랑크와 알렉상드르 뒤에서 멧돼지가 그르렁거리고 있다!!!

프랑크가 비명을 지른다. "젠장! 저놈 안 죽었잖아!"

알렉상드르는 아무 말도 하지 않는다. 정말이지 해도 너무한다!!!

어느 순간 멧돼지가 자리에서 벌떡 일어나 사방을 두리번거린다.

프랑크가 급정거를 하며 외친다.

"튀자!"

그렇게 말하는 그의 얼굴은 창백하기 그지없다.

그들은 총알같이 차에서 튀어나와 달리기 시작한다. 차 안은 난리법석이다.

맙소사!!!

크림색 가죽시트에서부터 머리받침과 핸들, 그리고 느릅나무 마디의 재질이 그대로 느껴지는 변속기어에 이르기까지 모조리 다 산산조각 나버렸다. 차 안은 완전히 망가지고 망가지고 망가지고 또 망가졌다.

더불어 완전히 망가진 알렉상드르 드베르몽 2세.

멧돼지는 눈알을 뒤룩뒤룩 굴리며 보기만 해도 소름 끼치는 송곳니 사이로 허연 침을 질질 흘려대고 있다.

두 청년은 일단 몸을 잘 숨기고 문을 열어서 멧돼지를 튀어나오게 한 다음 자신들은 차 지붕 위에 올라가 있기로 한다. 기막힌 작전이다. 하지만 그들이 미처 몰랐던 건…… 멧돼지란 놈이 문 잠금 장치를 발로 밟아서 차문을 안으로 잠가버렸다는 것이다.

열쇠는 계기판 위에 놓여 있다.

아…… 엎친 데 덮친 격이라는 말이 이렇게 잘 들어맞는 경우가 또 있을까.

프랑크 멩조는 재킷 안주머니에서 최신형 휴대폰을
꺼내 응급구조대 전화번호인 18번을 누른다. 환장할 노
릇이다.

　구조대가 도착하자 멧돼지는 좀 잠잠해진다. 하긴 더
때려 부술 게 없으니 그럴 만도 하다.

　구조대장이 차를 살펴본다. 놀란 기색이 역력하다. 그
는 자기도 모르는 새에 이렇게 말하고 만다.

　"굉장히 좋은 차인데 아깝게 됐군."

　곧이어 아름다운 것을 좋아하는 이들에겐 참으로 견
디기 힘든 일이…….

　구조대원들 중 한 명이 엄청나게 큰 기병총(일명 바
주카포)을 가지고 와서 사람들을 멀리 대피시킨 다음
차를 향해 조준한다. 발사! 동시에 폭발해버리는 차창
과 돼지.

　붉은 페인트를 칠한 것 같은 차 안.

　글러브박스와 계기판의 버튼 사이사이에 튄 핏방울.

　알렉상드르 드베르몽은 넋이 나간 상태다. 아무 생각
도 하지 않는 것 같다. 전혀. 아무 생각도. 혹시 땅에 구

멍을 파고 기어들거나 구조대원의 바주카포를 제 쪽으로 겨눌 생각을 하는 건 아닌지.

천만에. 그는 동네 사람들의 뒷담화와 자연보호론자들의 득세에 대해 생각하는 중이다.

이참에 그의 아버지가 멋진 재규어뿐만 아니라 녹색당에 맞서려는 정치적 야심도 줄기차게 지켜왔다는 것을 말해둬야겠다.

왜냐, 녹색당은 사냥을 금지해야 하네, 국립공원을 늘려야 하네 어쩌네 떠들어대면서 그와 같은 땅부자들을 애먹이기 때문이다.

해서 그는 끈질기게 싸워왔고 이제 막 승리를 거두려는 지점에 이르러 있었다. 바로 어제 저녁식사 때 그는 구운 오리고기를 썰면서 이렇게 말했다.

"자! 여기 녹색당놈들이 시야에서 놓쳐버린 오리가 한 마리 있군!!! 그놈들은 이제 망원경으로도 이 녀석을 볼 수 없겠지!!! 하! 하! 하!"

장차 지방의회 의원이 되실 분의 재규어 안에서 산산조각 난 멧돼지. 이건 말썽을 일으킬 소지가 있다. 물론 약간이겠지?

차창에 들러붙은 돼지털들.

구조대원과 경찰이 자리를 뜬다. 내일이면 견인차가
와서 도로에 널린 잿빛 철판 쪼가리들을 끌고 가리라.

우리의 두 주인공은 턱시도 재킷을 어깨에 둘러맨 채
터덜터덜 걷고 있다. 할 말을 잃은 채. 하긴 사고를 쳐도
이렇게까지 친 마당에 말은 무슨. 생각조차도 할 수 없
을 텐데.

프랑크가 친구에게 말을 건넨다.

"담배 줄까?"

알렉상드르가 대답한다.

"응."

그들은 한참을 그렇게 걷는다. 들판 너머로 해가 떠오
르고 하늘이 온통 장밋빛으로 물든 가운데 아직 별들이
몇 개 보인다. 사방이 고요한 가운데 토끼들이 물구덩이
를 깡충거리며 풀숲을 서걱거리는 소리만 들려온다.

알렉상드르 드베르몽이 친구를 돌아보며 말한다.

"이봐…… 그 금발 아가씨 말이야, 아까 네가 말했
던…… 정말 쭉쭉빵빵이냐?"

그의 친구는 미소를 지어 보인다.

"마르그리트! 저녁은 언제 먹을 거야?"

"몰라몰라몰라."

　내가 단편소설을 쓰기 시작한 후로 남편은 나를 마르
그리트라 부르며 엉덩이를 툭툭 쳐댄다. 뿐만 아니다.
친구들과 함께 저녁을 먹을 때면 자기는 곧 사표를 낼
거라고, 내가 벌어들이는 인세 수입으로 팔자 좋게 살
아갈 거라고 으스대기까지 한다.

　"가만…… 회사를 그만두면 뭘 할 거냐고? 재규어
XK8을 몰고 집에서 학교로 아이들을 실어 나른 다음
다시 학교에서 집으로 데려와야지. 당연한 거 아냐? 물
론 가끔은 우리 자기의 어깨도 주물러줘야 하고 때때로
창작의 고통에 시달리는 우리 자기를 바라보면서 마음
아파해야겠지만 그거야 뭐……. 차 색깔? 청록색으로
뽑을 거야."

남편이 이렇게 헛소리를 늘어놓을 때면 친구들은 과연 맞장구를 쳐야 할지 말아야 할지 몰라 난처한 표정들이 되고 만다.

이윽고 친구들은 무슨 전염성 성병에 대해 이야기하듯 조심스레 내게 물어온다.

"정말이니? 소설 쓴다는 거?"

그러면 나는 어깨를 으쓱해 보이며 빈 와인잔이나 채워달라고 말한다. 그러고는 들릴 듯 말 듯 입속말로 우물거린다. 아니라고, 그냥 좀 끄적거리는 것뿐이라고, 아무것도 아니라고. 그러면 혼자 잔뜩 달아오른 남편은 한술 더 뜬다(내가 어쩌다 이런 인간과 결혼했을까).

"가만…… 우리 자기가 아무 말 안 했구나? 자기, 생캉탱 문학상으로 얼마나 벌어들였는지 왜 말 안 했어? 응? 상금이 얼마였는데……. 자그마치 만 프랑이었다니까!!! 바자인가 뭔가 하는 데서 단돈 오백 프랑 주고 산 컴퓨터를 이틀 밤 두드려대니까 바로 만 프랑이 떨어졌다는 거 아냐! 알아? 그것 말고 또 어떤어떤 상을 받았는지는 말하지 않을게. 길게 말할 게 뭐 있어, 안 그래, 자기?"

정말이지 이럴 때마다 남편에 대한 살인충동이 불쑥

불쑥 치밀어 오른다.

하지만 실행에 옮길 수는 없다.

왜냐, 남편의 몸무게가 무려 82킬로그램인 데다(자신은 80킬로그램이라고 주장하지만 그거야 어디까지나 조금이라도 멋있어 보이려는 수작이고) 남편의 헛소리가 조금은 일리 있기 때문이다.

남편이 나를 비웃는 건 당연하다. 내가 진짜로 작가가 되겠다는 과대망상에 빠지면 그땐 어떡하나?

직장을 때려치워? 그럼 이제 밉살스런 동료 미슐린을 마구 욕해도 되겠네? 조그만 가죽수첩을 사가지고 거기다 '나중에 써먹을' 말들을 끄적거려볼까? 그러면 나 자신이 너무나 외롭고 멀고도 가까우며 색다르게 느껴지려나? 샤토브리앙(François-Auguste-René de Chateaubriand, 1768~1848. 19세기 프랑스 낭만파 문학의 선구자. 대표작에 『그리스도교의 정수』, 『무덤 저편의 추억』 등이 있다─옮긴이)의 무덤 앞에서 묵념도 해야겠지? 남편에게 '아이, 오늘밤은 안 돼, 머리가 터져나갈 것 같단 말이야.'라고 앙탈을 부릴 때도 있을 테고 가끔은 소설의 마지막 단락을 끝낸답시고 아이를 데리러 놀이방에 갈 시간도 잊어버릴 테고 또⋯⋯.

오후 다섯 시 반부터 놀이방에서 어떤 풍경이 벌어지는지 뻔히 아는 내가 어떻게 그런 짓을⋯⋯.

놀이방의 문을 똑똑 두드리는 소리⋯⋯. 꼬마들은 저마다 엄마를 볼 기대에 부푼 조그만 가슴을 콩닥거리며 우르르 문으로 달려가는데⋯⋯. 앞장서서 문을 열어젖힌 꼬마는 엄마 아닌 낯선 아줌마와 맞닥뜨리고 실망 또 실망한다. 입술이 뽀로통해지면서 어깨가 축 처지는가 싶더니 가지고 놀던 곰인형이 바닥에 툭 떨어지고⋯⋯. 하지만 바로 다음 순간 아줌마의 아들 — 바로 등 뒤에 서 있는 — 을 향해 빽 소리를 지른다.

"루이, 너네 엄마야!!!"

뒤이어 들려오는 대답.

"어엉(몹시 혀 짧은 소리)⋯⋯. 알고 이쩌."

이런저런 생각에 마르그리트는 계속 지쳐만 가고⋯⋯.

결국 그녀는 운명을 확실하게 결정짓기로 한다. 즉 콩브르(프랑스 북서부 브르타뉴 지방에 위치한 마을로 샤토브리앙이 어린 시절을 보낸 성이 있다-옮긴이)에 가게 될지 안 가게 될지 즉시 알아보기로 했다는 이야기.

마르그리트는 그동안 써놓은 단편들 중에 몇 편을 고르고 또 골라서(그러느라 이틀 밤을 하얗게 지새운다) 낡아빠진 컴퓨터 프린터로 출력한 다음 소중하게 가슴에 품고 법대 근처 복사전문점으로 달려간다. 하이힐로 중무장하고 꽥꽥 꺅꺅 떠들어대는 여대생들 틈바구니에서 줄을 선 채 기다리는 그녀(아, 늙은 촌닭 마르그리트여!).

　점원 아가씨가 그녀에게 말한다.

　"표지는 어떻게 해드릴까요? 흰색으로 하시겠어요, 검정색으로 하시겠어요?"

　그리하여 다시 울적한 고민에 빠지는 그녀. (흰색? 엉덩짝 두 개를 맞붙여놓은 것 같을 텐데……. 검정색? 너무 으스대는 것 같잖아, 박사논문처럼……. 난감하군, 난감해.)

　기다리다 지친 점원이 캐묻기 시작한다.

　"제본하려고 하시는 문서가 정확히 어떤 문서인가요?"

　"단편요."

　"단편이라니요?"

　"소설 말이에요, 단편소설. 출판사에 보내려고 제본

을 하는 건데……."

"네에(???)……. 말씀을 듣고 보니 더 감이 안 잡히는
데요……."

"아가씨가 알아서 해주세요. 믿고 맡길 테니." (주사
위는 던져졌다!)

"저, 그러면 청록색으로 해드릴게요. 지금 청록색 표
지 할인 행사를 하고 있거든요. 원래 35프랑인데 30프
랑에 해드리고 있어요."

(유구한 전통을 자랑하는 출판사의 멋들어진 사무실
안 우아한 책상 위에 놓인 푸르뎅뎅한 원고 뭉치? 에라,
모르겠다…….)

"그래요? 그럼 청록색으로 해주세요." (운명을 거스
르지 말지어다, 불쌍한 여자여!)

점원 아가씨가 제록스 복사기의 덮개를 열더니 원고
뭉치를 민법 강의 복사본 다루듯 마구잡이로 다루기 시
작한다. 구겨져라, 접혀져라 하면서.

우리의 예술가께서 얼마나 마음고생이 심하신지.

점원 아가씨가 제본비로 받은 돈을 금전출납기 안에

집어넣더니 피우다 만 담배를 다시 꼬나물고 물어온다.

"지금 제본하신 거, 뭐에 대한 이야기예요?"

"모든 것에 대한 이야기예요."

"네에……."

"……."

"……."

"그중에서도 특히 사랑에 대한 이야기죠."

"네에?"

마르그리트는 이제 멋진 서류봉투를 하나 산다. 질기고 우아하며 가장 비싼 봉투, 모서리는 터지지 않게 덧댐 처리가 되어 있고 접어 붙이는 부분이 널찍한 봉투, 즉 봉투 중의 롤스로이스를.

이윽고 그녀는 우체국으로 간다. 그리고 '현대 미술의 거장들'이란 주제로 특별 발매된 우표, 개중에서도 가장 아름다운 우표를 사서 마음을 다해 침을 바른 다음 정성을 다해 봉투에 붙인다. 이윽고 그녀는 봉투에 마법을 건다. 성호를 긋고 비밀스런 주문을 걸어 봉투에 축복을 내린다.

우체통으로 다가간 그녀는 마지막으로 봉투에 입맞춤을 한 다음 애써 외면하며 우체통의 시커먼 입 속으로 봉투를 떨어뜨린다.

잠시 후 그녀는 우체국 맞은편 카페의 테이블에 팔을 괴고 앉아 칼바도스를 한 잔 주문한다. 별로 잘 마시지 않는 술이지만 이제 그녀도 저주받은 예술가의 대열에 합류했으니 뭐. 이윽고 그녀는 담배에 불을 붙인다. 그리고 바로 그 순간부터 말 그대로 '기다리기' 시작한다.

나는 아무에게도 아무 말도 하지 않았다.

"어? 자기, 우편함 열쇠는 왜?"

"아무것도 아냐."

"어? 자기, 우편함에 광고전단지밖에 없는데? 그걸로 뭐하게?"

"아무것도 아니라니까."

"어? 자기, 우편행랑은 왜 뒤지고 그래?"

"아무것도 아니라고 했잖아!"

"가만…… 혹시 우체부랑 사랑에 빠진 거 아냐?!"

그래도 나는 아무 말 않고 버틴다. 차마 "응, 나 출판사에서 답신 오길 기다리고 있어."라고 말할 엄두는 나지 않았다. 남세스러워서.

그런데 정말이지…… 요즘은 왜 이렇게 광고전단지들을 많이도 보내는지. 미치겠다.

그리고…… 일, 동료 미슐린, 그녀의 손톱에 엉성하게 붙어 있는 인조손톱, 창턱에 놓아둔 제라늄 화분을 안으로 들이기, 월트 디즈니 비디오테이프, 장난감 기차, 겨울맞이 소아과 방문, 키우는 개의 털갈이, 도저히 헤아릴 길 없는 것을 헤아리게 만드는 소설 『유레카 스트리트*Eureka Street*』(아일랜드 소설가 로버트 맥리엄 윌슨(Robert McLiam Wilson, 1964~)의 1996년작 소설-옮긴이), 영화와 친구와 가족, 그리고 또 이런저런 감정들(하지만 그 어느 것도 『유레카 스트리트』가 준 감동에 비할 순 없었다).

우리의 주인공 마르그리트는 이제 그만 체념하고 동면에 들어가기로 한다.

석 달 후.

할렐루야!

할렐루야! 할레엘루우야!

왔다.

답신이 왔다.

정말 가볍다.

나는 편지를 스웨터 속에 감춰넣고 우리 집 개 키키를 부른다.

"키이이이이이이이키이이이이이이이이!!!"

나는 기다리고 기다려온 답신을 혼자서, 조용히 읽고 싶다. 즉 동네 개들의 아지트인 조그만 덤불숲에서 그 순간을 누리고 싶다(이런 감격스런 순간에도 나는 정말 얼마나 용의주도한지).

"아무개 여사님, 정말이지 흥미로운…… 어쩌고저쩌고…… 바로 그런 까닭으로…… 어쩌고저쩌고…… 만나 뵙고자 하오니…… 어쩌고저쩌고…… 비서실에 연락하여…… 어쩌고저쩌고…… 기다리며…… 어쩌고저쩌고…… 심심한 인사를 전합니다…… 어쩌고저쩌고……."

감미롭다.

감미롭다.

감미롭다.

바야흐로 마르그리트의 복수가 시작된다!!!

"자기, 저녁 안 먹을 거야?"

"(???) 오늘은 어쩐 일로 자기가 먼저 저녁을 챙기네? 웬일이야?"

"웬일은. 이제 독자들로부터 편지가 쇄도하면 밥 문제로 신경 쓸 시간이 별로 없을 것 같아서 그러지 뭐. 또 북 페스티벌이다, 북 살롱이다, 북 카페다 여기저기 돌아다니려면…… 프랑스다, 해외 프랑스령이다, 휴, 생각만 해도…… 맙소사맙소사맙소사. 그러고 보니까 이제부터 미용실에서 손톱손질도 자주 해야겠어. 독자 사인회에서 깨끗한 손 맵시를 자랑해야 할 거 아냐…… 손톱에 대한 성적 환상이 얼마나 강렬한데……."

"지금 무슨 소릴 하는 거야?"

마르그리트는 남편의 불룩 튀어나온 배 위에 편지를, 그러니까 유구한 역사를 자랑하는 출판사에서 보낸 멋들어진 답신을 스르르 떨어뜨린다. 남편은 자동차 관련 잡지에 실린 구인광고를 열심히 들여다보는 중.

"어이, 자기! 어딜 가는 거야?"

"잠깐 미슐린한테 다녀오려고. 이야기할 게 있거든. 꽃단장이나 하고 있어. 오늘밤엔 '검정독수리'에 데려갈 테니."

"검정독수리???"

"응. 마르그리트가 얀을 데리고 갔던 식당이 바로 거 길걸?"

"얀이 누구야?"

"치이이이…… 관두자, 관둬. 정말 문학계에 대해 몰라도 너무 모른다니까."(마르그리트는 프랑스 작가 마르그리트 뒤라스(Marguerite Duras, 1914~1996)를, 얀은 그녀의 마지막 연인이었던 얀 안드레아를 가리킨다. 얀은 마르그리트보다 40세나 연하였던 남자로 그녀가 예순일곱 살이 되던 해부터 사망하기까지 16년 동안을 함께했다–옮긴이)

나는 유구한 역사를 자랑하는 출판사의 비서실에 전화를 건다. 성공적인 첫 만남이 이뤄질 것 같다. 비서 아가씨가 너무나 사근사근하다.

아마 책상에 'A. G. 여사가 전화하면 무조건 싹싹하게 받을 것'이라고 적힌, 게다가 그 밑에 두 번씩이나 밑줄이 좍좍 그어진 핑크빛 포스트잇을 붙여놨겠지.

아마도…….

순진한 출판업자 같으니, 지금쯤 내가 여기저기다 원고를 보내놓은 줄 알고 애가 타겠지……. 소중한 원고를 좀더 유구한 역사와 전통을 자랑하는 출판사, 전화를 훨씬 더 싹싹하게 받는 데다 엉덩이도 끝내주는 비서 아가씨가 대기하고 있는 출판사에 뺏길까봐 얼마나 안달이 나겠어.

아, 얼마나 안타까울까.

비서 모모 양께서 'A. G. 여사와 전화 통화시 주의사항'을 핑크빛 포스트잇으로 전달받지 못하는 바람에 대박 원고가 다른 출판사의 이름이 찍힌 표지를 달고 서점에 전시된다면?

그거 정말 상상하기 싫은 광경이겠지 뭐

편집장과 일주일 후에 만나기로 약속이 정해진다. (원래 이런 일은 질질 끄는 법.)

나는 일단 몇 가지 실질적인 문제를 해결한다.

1. 회사에 반나절 휴가를 낸다. (미슐린! 나, 내일 오후에 자리 비울 거야!)

2. 아이들을 다른 집에, 그것도 아무 집이나 말고 행복하게 지낼 수 있는 집에 맡긴다.

3. 우리 자기에게 알린다.

"나 내일 파리에 가."

"왜?"

"사업상."

"남자랑 만나는 거야?"

"그런 셈이지."

"누군데?"

"우체부."

"아! 그럴 줄 알았어······."

이윽고 진짜로 중요한 문제가 고개를 든다. 뭘 입고 가지?

1. 장래가 매우매우 촉망되는 작가 스타일: 한마디로 멋대가리 없게 차려입기. 왜냐? 진정한 삶은 옷차림에 있지 않으니까. 몸매를 보지 말고 작품을 봐주세요.

2. 베스트셀러 제조기 스타일: 머리모양으로 힘주기.

왜냐, 진정한 삶은 튀는 데 있으니까. 재능을 보지 말고 신문에 얼마나 많이 실리는지 봐주세요.

3. 불여우 스타일: 편집장을 화끈하게 태워버릴 수 있는 섹시룩. 왜냐, 진정한 삶은 침대에 있으니까. 작품을 보지 말고 몸매를 봐주세요.

어이, 과대망상증! 정신 차려, 정신.

스트레스를 너무 많이 받았나 보다. 그런 날 야한 옷을 입고 몸을 비틀어댈 생각이나 하다니. 그날은 분명 내 얼마 안 되는 인생에서 가장 중요한 날, 유혹적이지만 거추장스런 옷을 입고 일을 그르칠 순 없지.

(암! 미니미니미니스커트는 거추장스럽고말고.)

청바지를 입고 가자. 내 낡은 리바이스 501 청바지. 십 년 묵어 물이 빠질 대로 빠진, 오른쪽 엉덩짝 위에 stone washed라고 쓰인 라벨이 척하니 붙어 있는, 그리고 내 몸의 모양과 냄새를 고스란히 간직하고 있는 바로 그 청바지. 내 친구.

하지만 그걸로 끝낼 순 없지. 지금쯤 길고 섬세한 손가락으로 내 '운명'을 주무르고 있을(출판해? 말아?) 멋있고 지적인 편집장을 위해 감동적인 선물을 하나쯤은 준비해야 하는 거 아냐? 청바지만 떡하니 입고 가는 건 너무 멋대가리 없잖아.

아이고…… 머리야, 머리야.

좋아. 나는 결정을 내린다. 청바지를 입고 가되 야하디야한 속옷을 안에 받쳐 입고 가기로.

하지만 편집장이 내 속옷을 볼 수는 없지 않느냐고? 모르시는 말씀. 편집장이라는 고귀하고도 고상한 직무를 수행하는 사람이라면 앞에 앉아 있는 여자가 어떤 란제리를 걸치고 있는가 하는 것쯤은 바로 꿰뚫어볼 줄 아는 법이다.

암, 볼 줄 알고말고.

배꼽까지 올라오는 면 팬티를 입고 있는지, 오래 묵어 너덜너덜한 할인매장표 빨간 팬티를 걸치고 있는지, 여자들을 열 받게 하고(비싸다!) 남자들을 열나게 하는(비싸도 좋다!) 요염하고도 깜찍한 팬티를 꿰고 있는지.

분명히 그들은 볼 줄 안다.

그런 만큼 나는 엄청난 '출혈'을 감수하고(신용카드

를 두 장이나 동원) 환상적인 브라–팬티 세트를 구입하
기로 한다.

맙소사.

최고급 소재, 세련된 디자인. 우윳빛 수제 레이스. 보
드랍고 요염하고 고급스러운 데다 한 번 보면 도저히
잊을 수 없는, 혀끝에 닿으면 살살 녹아버릴 것만 같은
브라 이상의 브라, 팬티 이상의 팬티.

운명적 만남이란 바로 그런 것.

탈의실의 거울을 통해 브래지어와 팬티만 걸친 내 모
습을 바라보며(놀라운 상술이여! 탈의실의 거울엔 특
수조명이 붙어 있어 내 몸매가 정말 늘씬해 보인다. 게
다가 피부도 어찌나 고와 보이는지. 아마 고급 식품점
을 밝히고 있는 조명도 이런 종류겠지?) 나는 '마르그
리트'가 존재하기 시작한 후 처음으로 나 자신을 향해
이렇게 중얼거린다.

'게딱지만 한 컴퓨터 앞에서 손톱을 물어뜯으며 엉덩
이에 습진이 생기도록 앉아 있었던 시간이 헛된 게 아
니었어. 암, 아니고말고! 불안과 초조에 맞서서 몸부림
쳤던 시간이, 머리에 딱지가 앉을 정도로, 온갖 걸 다 잊

어버리고 잃어버릴 정도로「클릭클락」에 몰두했던 시간이 헛된 것이 아니었어…….'

우윳빛 브라-팬티 세트의 가격이 얼마인지는 밝힐 수 없다. 분수에 맞게 사는 것이 '정치적으로 올바른' 태도라고 볼 때, 그 가격은 '정치적으로 올바른' 사람들에게 엄청난 충격을 안겨줄 수 있기 때문이다. 눈이 튀어나오리만치 비싸다는 것만 알아두시라. 그램당 가격만 해도 엄청나니까.

하지만 투자하지 않고는 아무것도 얻을 수 없는 법. 내 책이 출판되게 하려면 나 자신에게 투자를 하는 게 당연하지, 안 그래?

자, 여기는 유구한 역사와 전통을 자랑하는 출판사들이 즐비한 파리 6구.

수많은 작가들과 작가지망생들을 만날 수 있는 곳. 한마디로 삶의 심장부.

갑자기 맥이 빠진다.

배가 아프고 다리가 후들거린다. 식은땀이 등줄기를 타고 흐른다. 거금 ***프랑짜리 팬티는 엉덩이 사이에 끼어버렸다.

그럼 좋다.

어디가 어딘지 모르겠다. 눈에 띄는 건 아프리카 미술 전문 화랑들뿐. 그런데 세상에, 아프리카 가면들만큼 비슷비슷하게 생긴 것들이 또 있을까. 아프리카 미술이 싫어지기 시작한다.

결국 나는 출판사 앞에 도착한다.

기다리란다.

금방이라도 정신을 잃고 쓰러질 것만 같다. 무통분만을 위한 호흡법을 시도해본다. 자, 들이쉬고 내쉬고…….

똑바로 앉자. 뭔가를 주의 깊게 바라보자(어떤 상황에서도 도움이 되는 행동이다). 들이쉬고 내쉬고…….

"괜찮으세요?"

"음…… 그러니까, 그게…… 네, 괜찮아요."

"편집장님은 지금 회의 중이세요. 오래 걸리지 않을 테니 곧 만나실 수 있을 거예요."

"……."

"커피 한잔 드릴까요?"

"아뇨, 괜찮아요." (이봐요, 모모 양. 내가 토하기 직전인 거 안 보여요? 제발 좀 도와줘요, 모모 양. 따귀를 한 대 갈겨주든지 양동이나 대야를 가져다주든지 약을 가져다주든지 아니면 차가운 콜라를 한잔 가져다주든지……. 뭔가 좀 해달란 말예요, 제발.)

미소. 모모 양이 내게 미소를 지어 보인다.

편집장이 나를 만나려고 한 이유? 그건 순전히 호기심 때문이었다. 그 이상도 그 이하도 아니었다.

그가 나를 만나려고 한 건 내가 어떻게 생겼는지 궁금해서였다. 도대체 어떤 상판을 하고 있는지 보기 위해서였다.

그게 다였다.

그 만남에 대해선 이야기하지 않으련다. 지금 나는 엉덩이 습진을 치료하기 위해 욕조에 천연 타르를 풀어 놓고 들어앉아 있는데 온통 시커멓게 물든 욕조가 내 심정을 대신 말해주는 듯하다. 그러니 긴말 하지 않으런다.

아니, 그래도 조금은 해야겠다. 우선 고양이(자세한 사항에 대해서는 월트 디즈니 사의 애니메이션 〈신데렐라〉에 나오는 고양이 루시퍼 참조)와 그 두 발 사이에서 버둥거리고 있는 생쥐를 상상해보시라. 고양이는 괴로워하는 생쥐를 보며 재밌어서 어쩔 줄 모른다(이야, 정말 촌스러운데!). 그리고 결국 이렇게 내뱉는다.

"솔직히 말씀드려서 보내주신 원고에 흥미로운 부분들이 없지 않고 문체 면에서도 독특하다고 볼 수 있지만(이어 글 쓰는 사람들에 대한, 그리고 편집장이라는 고달픈 직무에 대한 장광설이 시작되고)…… 현재 출판계의 상황으로 봐서 보내주신 원고의 출판은 어려울 듯싶습니다. 실망하지 말고 계속 집필에 매진해주세요. 항상 관심을 갖고 지켜보겠습니다."

지켜본다고?

얼간이.

나는 자리에서 일어설 수가 없다. 그래도 편집장은 말을 바꾸지 않는다.

이윽고 그가 자리에서 일어나(힘차고 멋진 동작!) 나

를 향해 다가오더니 악수를 하려 한다. 내 쪽에서 아무 반응을 보이지 않자 손을 내밀려 한다. 그래도 내가 아무 반응을 보이지 않자 내 손을 잡으려 한다. 그래도……

"이거 왜 이러십니까? 허허, 너무 실망하지 마세요. 첫 원고가 바로 출판되는 경우는 극히 드물다는 거 잘 아시잖습니까. 믿고 지켜봐드릴 테니 계속해서 열심히 쓰고 또 쓰세요. 그러다 보면 언젠가는 우리 출판사와 손잡고 대박을 터뜨릴 수도 있을 겁니다. 솔직히 저는 꼭 그럴 거라 믿고 있습니다."

전차를 멈춰요, 벤허 씨! 내가 코너에 몰려 있는 거 안 보여요?

"저, 죄송하지만 웬일인지 자리에서 일어나지지가 않네요. 맥이 풀렸나 봐요. 이상하다고 생각하시겠지만……"

"이런 일이 자주 있으십니까?"

"아뇨, 이번이 처음인데요."

"어디 아픈 데라도 있으십니까?"

"아뇨, 아니 아주 없다고 할 순 없지만 이 증세와는

258

아무 상관 없어요."

"손가락을 한번 움직여보세요."

"움직여지지가 않네요."

"정말이십니까???"

"음…… 그러네요."

기나긴 눈싸움. 네가 이기나 내가 이기나 어디 한번
두고 보자.

"(화가 나서) 일부러 그러시는 거 아닙니까?"

"(몹시 화가 나서) 이것 보세요, 어떻게 그런 말씀
을!!!"

"의사를 불러드릴까요?"

"아뇨, 괜찮아요. 좀 있으면 괜찮아질 거예요."

"그러시다면 다행입니다만, 문제가 좀 있네요. 잠시
후에 누가 찾아오기로 되어 있어서요. 계속 여기 계시
면 곤란합니다."

"……."

"움직여보세요."

"안 되는데요."

"도대체 왜 이러십니까!"

"글쎄요…… 어떻게 말씀드려야 할지……. 관절염인

것 같기도 하고, 심리적인 문제 같기도 하고……."

"만약 출판을 해드리겠다고 하면 일어서실 겁니까?"

"그런 거 아니래도요. 도대체 사람을 뭐로 보시는 거예요? 내가 그렇게 한심한 인간으로 보이나요?"

"그런 건 아니지만 만약 출판을 해드리겠다고 하면……."

"그 말씀을 어떻게 믿어요? 아니, 잠깐만요. 저는 지금 동정심이나 바라고 쇼를 하는 게 아니라 온몸이 마비되어 쩔쩔매고 있다고요. 그런데 어떻게……."

"(섬세한 손가락으로 잘생긴 얼굴을 문지르며) 하필이면 저를 보러 오셨을 때 그렇게 되셨군요. 맙소사……."

"……."

"(시계를 보며) 약속 시간이 얼마 남지 않았으니 밖으로 옮겨드릴 수밖에 없네요."

편집장이 나를 복도로 밀어낸다. 마치 내가 휠체어를 타고 있기라도 한 듯이. 하지만 나는 휠체어를 타고 있는 게 아니라 소파 위에 앉아 있다. 편집장은 그 차이를 실감하겠지……. 나야 뭐.

벌 받는 거야, 이 친구야. 벌 받는 거라고.

"이제 커피 좀 드시겠어요?"

"네, 정말 마시고 싶네요. 고맙습니다."

"정말 의사를 부르지 않아도 괜찮으시겠어요?"

"네, 네. 금세 괜찮아질 텐데요, 뭘."

"너무 긴장하셨나 봐요."

"그런 것 같아요."

비서 모모 양의 책상에는 핑크빛 포스트잇이 붙어 있지 않다. 요전에 모모 양이 내 전화를 싹싹하게 받은 건 원래 타고나길 싹싹해서 그런 거였다.

그러고 보면 오늘 하루를 완전히 망친 건 아닌가 보다.

정말이다. 그렇게 참한 아가씨를 몇 시간이고 계속 바라볼 수 있는 경우는 흔치 않으니까.

모모 양은 목소리도 예쁘다.

가끔 그녀는 고개를 들이 니를 바라보며 적적하지 않게 해준다.

얼마나 시간이 흘렀을까. 출판사 안의 컴퓨터들이 작동을 멈추고 전화의 자동응답기가 켜지는가 싶더니 조명이 꺼지고 직원들이 하나둘씩 빠져나가기 시작한다.

다들 나가면서 한 번씩 쳐다본다. 약속이 있나 보다 하는 눈길로. 으이그, 그걸 말이라고.

이윽고 우리의 '푸른 수염' 씨께서 수많은 삼류작가들의 눈물로 얼룩진 소굴을 빠져나온다.

"아직도 안 가셨군요!!!"

"……."

"도대체 제가 뭘 어떻게 해드리길 바라십니까?"

"잘 모르겠는데요."

"저는 잘 알고 있습니다. 긴급구조대를 불러야겠어요. 그러면 오 분 안에 문제를 깔끔하게 해결해줄 테니까요! 설마하니 여기서 밤을 새우실 생각은 아니시겠죠?!"

"그럴 리가요. 제발 부탁이니 아무도 부르지 마세요……. 조금만 있으면 괜찮아질 테니까요……."

"물론 그러시겠죠. 하지만 저는 문을 닫아야 합니다. 제 입장도 좀 생각해주셔야 하는 거 아닙니까?"

"그럼 저를 길가에 좀 내려놔주세요."

물론 편집장이 나를 길바닥에 내려놓지는 않았다. 편집장이 뭐라고 소리치자 출판사에서 잔심부름을 하는 사나이들이 달려왔다. 덩치 크고 잘생긴 데다 온몸에 문신을 한 사나이들 둘이 내 가마꾼이 되어주었다.

정말이지 끝내준다.

내 미래의 편집장이 될 뻔했던 섬세하고도 세련된 남자는 거창한 작별인사를 건네더니 몇 번이고 뒤를 돌아보며 멀어져간다. 마치 악몽에서 깨어난 듯, '아냐, 이건 말도 안 돼.'라는 듯 고개를 절레절레 흔들며.

그로선 잘된 일이다. 저녁식사 때 새로운 화제를 꺼낼 수 있으니까. 마누라가 얼마나 좋아할까. 적어도 오늘 저녁만은 '출판계의 위기' 어쩌고 하는 소리를 듣지 않아도 되니 말이다.

오늘 하루 중에 처음으로 나도 기분이 좋다.

맞은편 레스토랑에서 웨이터들이 분주히 움직이고 있다. 징말 숙련된 조교들(꼭 내 단편들 같다고 나는 속으로 이죽거린다. 아, 특히 그것들 중 하나는 내가 얼마나 오래도록 갈고 닦고 또 닦았던가!), 리복 추리닝을 입은 뚱보 미국 아줌마들의 호르몬 체계를 완전히 고장 내놓을 만한 웨이터들이다.

나는 담배를 피운다. 맛이 기막히다. 나는 연기를 길게 뿜어내며 오가는 사람들을 바라본다.

거의 행복할 지경이다(오른편에 있는 주차권 발행기에서 지린내가 물씬 풍긴다는 것만 빼고).

내가 얼마나 그러고 있었을까? 얼마나 그렇게 길바닥에서 오늘의 불행을 되새기고 있었을까?

잘 모르겠다.

레스토랑은 안팎으로 만원이다. 테라스에 앉아 로제 와인을 홀짝이며 웃고 떠드는 커플들.

아마도 다음 세상에선 편집장이 나를 저 레스토랑에 데려가서("가까워서 좋잖습니까?") 내게 최고급 로제 와인을 권하며 익살맞은 농담으로 나를 웃기고 "젊은 작가의 작품치곤 놀랍도록 깊이가 있는 소설"을 제발 좀 빨리 끝내달라고 애원할지도 모른다. 그리고…… 나를 택시 정류장까지 정중하게 바래다주며 끝까지 멋있어 보이려고 애쓸지도…….

아마도 다음 세상에선.

자자…… 마르그리트와는 상관없는 일이지만 빨리

집에 가서 다림질을 해야지…….

나는 청바지에서 무슨 포탄이 발사되기라도 한 듯 벌떡 일어나 오귀스트 콩트의 동상 아래 앉아 있는 멋진 아가씨를 향해 다가간다.

정말 굉장한 아가씨다.

아름답고 관능적이고 이국적이다. 늘씬한 다리, 가느다란 발목, 오똑한 콧날, 톡 튀어나온 이마, 용감하면서도 긍지에 찬 자태.

끈과 문신으로 단장한 몸.

검게 칠한 입술과 손톱.

정말이지 환상적이다.

그녀는 이따금 초조한 눈길로 거리를 둘러본다. 애인이 약속에 늦는 모양이다.

나는 그녀에게 내 원고를 내민다.

"자, 선물이에요. 기다리는 동안 지루하지 않게 한번 읽어보세요."

그녀가 내게 고맙다고 한다. 하지만 아뿔싸! ……그녀는 프랑스인이 아니다! 나는 당황한 나머지 원고를 돌려받으려다…… 아무려면 어때, 라고 속으로 중얼거리며 자리를 뜬다. 나름대로 기분이 좋다.

내 원고는 이제 세상에서 가장 아름다운 아가씨의 손에 들어 있다.

그것만으로도 위로가 된다.

조금은.

옮긴이 · 김민정

서울대학교 불어불문학과를 졸업하고 같은 과 대학원에서 공부, 프랑스 파리
제4대학에서 불문학 석사학위를 받았다. 번역한 책으로『송고르 왕의 죽음』
『오스카와 장미할머니』『이브라힘 할아버지와 코란에 핀 꽃』『살인자의 건강
법』『제비 일기』『아주 긴 일요일의 약혼』『이백과 두보』『스코르타의 태양』등
이 있다.

누군가 어디에서 나를 기다리면 좋겠다

초판 1쇄 발행 · 2017년 4월 14일

지은이 · 안나 가발다
옮긴이 · 김민정
펴낸이 · 김요안
편집 · 강희진
디자인 · 김해연

펴낸곳 · 북레시피
주소 · 서울시 마포구 신수로 59-1, 2층
전화 · 02-716-1228
팩스 · 02-6442-9684
이메일 · bookrecipe2015@naver.com | esop98@hanmail.net
홈페이지 · www.bookrecipe.co.kr
등록 · 2015년 4월 24일(제2015-000141호)
창립 · 2015년 9월 9일

종이 · 화인페이퍼 | 인쇄 · 삼신문화사 | 후가공 · 금성LSM | 제본 · 대흥제책

ISBN 979-11-88140-02-2 03860

이 도서의 국립중앙도서관 출판예정도서목록(CIP)은 서지정보유통지원시스템
홈페이지(http://seoji.nl.go.kr)와 국가자료공동목록시스템(http://www.nl.go.kr/kolisnet)에서
이용하실 수 있습니다. (CIP제어번호: CIP2017008317)